エロシマ

ダニー・ラフェリエール

立花英裕訳

Dany Laferrière
Eroshima

藤原書店

Dany Laferrière

EROSHIMA

一つの季節――日本の読者へ

ノスタルジーへと溶けてしまうのを拒む記憶というものがある。本書を書き始めたのは、いまから三十五年前のことだ。はじめ、『ニグロと疲れないでセックスする方法』（邦訳藤原書店刊）の一部として、その中に挟みこまれる予定だった。いよいよの段になって、私の編集者は切り離して出版した方がいいと言い出した。「このテキストは長くはないがね、独特の季節が漂っている。一冊の独り立ちした本になるよ」。「季節」という語はたしかにあたっている。なかなか霧散しない香りがいつまでも棚引いているのだ。私には、あの年の夏の光が立ち戻ってくる。あの感興を再び言葉に乗せて浮上させようというのであれば、芭蕉に俳句を詠んでくれるように頼むしかないのかもしれない。私は、これまで書いてきた本については、どれもその細部をつぶさに思い描ける。しかし、本書だけは体のどこかに閉じ込められたままだ。愛したことはあるけれど、その雰囲気しか思い出せないような人に似ているとでも言おうか。あの頃のことで私に残っているのは、強烈な喜悦の感情であり、なぜそんな気持ちに包まれていたのか、不思議なくらいである。しかし、長い針でうなじを突き刺された感覚に勝るとも劣らない、存在の苦痛に満ちた幸福感が消えることなく居すわっている。私は、潜りこんだ床《とこ》から出てはいけないと分かっていた。にもかかわらず、起きて床を抜け出てしまうという過ちを犯した。爾来、形にならない何かがくっきりと、私のあきらめ顔の目に映っている。もし私が書き続けるなら、あの、たっぷり七十二時間は続いた、数々の感覚の雨滴を再現させることができるのかもしれない。いまの私に分かっているのは、もし再び本を書くのであれば、それはどんな思い出にもならない本、書いている間に無数の感覚が立ち昇ってきて、本が本以外のなにものでもない、そんな本になるだろうということである。

二〇一八年五月三十日

ダニー・ラフェリエール

エロシマ――目次

エロシマ

リタ・ヘイワース(1)へ。赤毛のピンナップ・スターは、あまりに煽情的だったので、最初の水爆の名前にさえなった。

わたしはまた、一匹の獣が海から上って来るのを見た。それには角が十本、頭が七つあり、それらの角には十の冠があって、頭には神を汚す名がついていた。

『黙示録』

カーマ・スートラ[2]動物園

夏のさわやかさ
ここでくつろいで
うたたねをする

芭蕉

涼しさを我宿《わがやど》にしてねまる也《なり》（3）

I

1. ちょっとやそっとのことでは、このベッドから出るつもりはないぞ。日本女性がアレンジしたロフトで目を覚ますなんて、そうざらにないからな。俺はフトンの上に寝ている。部屋は明るくて、キラキラしていて、さっぱりしている。アパートは球体状のなにかなのさ。まるでコニャック用のタンブラーの内側に巣をつくってもらったような気分だ。

2. ホキはファッション系の写真家。いまマンハッタンに行っている。アパートを俺に貸してくれたんだ。二週間で戻ってくるよ。

「日本人の女の子とできてるニグロって想像つくかい？」

「あまりいいかげんなこと言わないで」

「俺もそんなニグロにお目にかかったことはないな」

わざわざ言うまでもないだろうが、日本の女の子は白人とだってつきあわないものだ。

3. 急いで付け加えておけば、ホキは奇想天外な化粧品関係の鳥なんだ。東洋的洗練と北アメリカ的俗っぽさが、一種、催淫剤のように混合している。ホキはバンクーバー生まれなのだ。信じる神はいない。孔子も仏陀も願い下げだそうだ。まるで老子が水牛にまたがったようなセックスをする。ヒヤヒヤものさ。彼女を相手にできる男がいないとは言わないが、誰もが受けて立てるわけではないよ。

4. ホキと知り合ったのは、彼女の個展を見に行ったときだ。ボディーラインがくっきり浮き出るドレスをまとっていた。青い炎が照明の下で揺らめくようだった。

5. 先に声をかけたのは彼女の方だ。
「お気にめされましたか?」

彼女は顎で写真を差し示した。

「いや、別に」

「あら、そうですか」

「たまたまここに入ってみただけでね」

「それにしてはいつまでもいらっしゃるのね」

「人を眺めるのが好きなんだ」

「女という意味かしら？　それとも人かしら？」

「俺には、男は存在しないに等しいよ」

「私とはあまり意見が合わないようですね」

彼女の微笑みに何か感じさせるものがあった。

「それじゃあ、馬が合うんだろうな」

6.　ホキは愛人をとっかえひっかえする。ごく自然な振る舞いなのだ。息をつく暇もなく、俺は彼女とベッドに入った。ホキは家にはいつも男を一人おいておくらしい。俺は、丸抱えの愛人として一三番目になるそうだ(悪い数字じゃあない)。ニグロの愛人は初めてだそうだ。

俺の前に役を仰せつかった男はアメリカインディアンだった。その晩、彼女はたまたま彼を追い払ったところだったらしい。

7. グロリア・スタイネム(4)のアドヴァイスなどなくても、ホキは好きなだけセックスをする。愛人を取り替えるのだって、そうしたい時にそうするまでのことさ。やりたいか、やりたくないか、そのどちらかしかない。

ホキのすべて。

8. ホキはセックス爆弾というのではない。少なくとも、外に向かって爆発しない。内側に向かって炸裂する。信じていただきたいが、その方が始末におえないのだ。

ホキは放射性の女だよ。

9. ホキは誰彼かまわず家に引き入れる。ジャズ・ミュージシャン、詩人、作家、画家、株屋、浮浪者、建築家、オカマ、ファッション写真家、モデル。ようするに、悪所にたむろする夢遊病者が群れをなして集まってくる。

10.　ホキは稀少種の鳥類収集家なのだ。アパートのドアに、こう書きつけられている――カーマ・スートラ動物園。

11.　ホキは俺をベッドに引きずり込むと、七十二時間ぶっつづけでセックスをした。ありとあらゆるカーマ・スートラをとっかえひっかえためすのだ。なんとか切り抜けたよ。禅vsヴォドゥ[5]、といったところだ。

12.　ベッドから抜け出たのは、ジョン・レノンのためだ。レノンが死んだからね。ニュースが俺たちのところにまで届いたのさ。いわずもがなとは言え、エロティシズムは殺害に行き着く。

レノンは、俺たちのために死んでくれたのだ。

II

13. ホキと愛を交わすには、芭蕉に通じていなくてはならない。芭蕉とは、古き、よき日本の放浪詩人（一六四四年生まれ）で、俳句という、あの短詩形の師匠のことだ。

14. 衝撃は想像をはるかに超えているよ。密林の火山性セクシュアリティーと京都の手の込んだ官能性がぶつかり合うのだから。黒人種 vs 黄色人種。

15. ホキの酔っぱらった、天使のような手が、俺の体を見事なセックスオブジェにしてしまう。ライターを掌の中でねんごろに弄んでから火をつけるのだ。

16.　明け方になって、ホキが芭蕉の詩を読んでくれた。

月の輝き
一夜を歩んで明かした
池のまわり

名月や池をめぐりて夜もすがら

17.　ホキは俺に裸の体なるものを教えてくれた。よくよく考えてみれば、セックスをするという表現には、突拍子もないところがある。
それに輪をかけて突拍子もないことがあるとしたら、日本女性とセックスをすることだ。

18.　ホキは、洗練された官能のオリエントを身につけている。俺が何か付け加えられるとしたら、耐久力と精力くらいなものだ。
ユダヤ＝キリスト教の西洋は、指をくわえて、その夜に起こったことを眺めているしかなかった。公園通りの四五三八番地で。

19. ホキは、まず、全身の毛を剃った。俺はフトンに寝そべって待機していた。窓から、公園通りを行き交う車のヘッドライトが入ってくる。

それから、ホキは、アルコール性の強いクリームを全身に塗った。恐れ入る！ マッチを擦ったら、火達磨になるよ。

火を噴いたのは俺の方だった。俺は黒い炎になった。

20. 火事は七十二時間つづいた。ホキは、今日、マンハッタンにいる。ジョン・レノンの死を悼むためだ。レノンがくたばったのは、一人の黒人が一人の日本女性と交尾するためだった。

21. ホキは出かけた。テーブルの上に、昨夜のケーキが少しと、蓄えのコニャックが残っている。ベッドから出なくても食べ物はあるのだ。

Ⅲ

22. ベッドの足元に電話機がある。その下に三島の本が一冊。外は雨模様だ。
俺はホキのロフトの上で寝そべっている。部屋は薄闇の中。窓から空が少し覗いている。思いをめぐらせないわけにいかない。原子爆弾のことだ。ホキの祖父は、「ヒロシマ」の生き残りだそうだ。広島の人たちが各々思い思いに精を出している様子がありありと目に浮かぶ。午前八時。十五分後に終わりが来るのだ。俺は憤っているわけではない。ただ、思わないではいられない。あの瞬間以後、我々のなすことはことごとく——どんなありきたりの身振りであろうと——原子爆弾の威嚇の下にある。いまこの瞬間、我々がなしていること全て——たとえ、それが読書であろうとも——原子爆弾との関係からまぬがれないのだ。

23.　電話が鳴る。

「もしもし」

「ホキさんはいますか」

「ホキはニューヨークだが」

「そうですか。失礼しました」

「俺ならいるよ」

「俺って、誰？」

「ホキの愛人ニグロなんだが」

「あらそう（笑い声がする）」

「ここへこないかい？」

「ホキさんの愛人なら、行くわけにいかないわ」

「どうして？　別にいいじゃないか」

「だって……　そんなことしないものよ」

「じゃあ、やってみようじゃないか」

暫しの沈黙。

「そこでなにをしてるの」

更に長い沈黙。

「分かったわ。行くわよ」

こういう日があるものさ。老子も言っているが、ベッドから離れなくても、起きることは起きる。俺はベッドの中で原子爆弾を待つ。

24.　三十分後。
「入れるよ。鍵はかかってないから」

彼女は廊下でしばらく傘の水を切っている。

「啓子って言うの」

その物言いは、火事よとでも言いたげだ。

「俺は、ホキ動物園の彩りみどり鳥って言うんだ」

「たいしたことないわね」

彼女は、一瞬、躊躇する。

「まあいいわ。で、その鳥はどんなことができるのよ」

「こうして寝ていることさ」

啓子は窓の方に数歩あゆんでから、不意に振り返る。

「ホキは、いい加減なことで人を泊めたりはしないわよ」

「そう？　ホキの趣味をよく知っているじゃないか」

25.　啓子は大柄な女だ。胸は大きくない。親は京都の人だそうだ。彼女はロサンゼルス生まれだ。きびきびした腿をしている。尻も引き締まっている。筋肉質。部屋の中をひっきりなしに歩き回っている。俺はじらされる。
「座ったらどうだい」

「ええ」

「差し支えなかったら、俺は寝たままでいるよ」

突然振り向いて、俺の顔をまじまじと見る。

「寝たままでいいわよ。差し支えあることなど、あるわけないでしょ」

26.　十秒とちょっとの間、啓子は座っていた。

「音楽があるといいわね」

アクセサリーが足りないとでも言う口調になっている。活きのいい、素敵な娘だ。

「ガーファンクルは好きかしら？」

藪から棒に訊いてくる。

「聴いてもいいさ」

まもなくガーファンクルが、おなじみのアイスランドのバラードを静かに口ずさみはじめる。

27. 俺は、ケンゾーの大柄なドレスに身を包んだ啓子を見る。
「なにをしているんだい」

「レコードを探しているのよ」

「いや、仕事だよ」

「あら、そんなこと？　ホキと一緒に働いているの」

「なんだ、君もそうなのか」

「モデルをしているの」

28.　ホキから、仕事仲間をわんさと紹介してもらったが、まだ知らない顔があるとは。ホキは誰とでも仕事をする。業界によく通じているのだ。
「おれ、こういう感じが好きでね」

「なによ。どういう感じよ」

「だからさ、またまた電話が来て……こんな感じになるのがさ」

「私は、そんな気分じゃなかったわ」

「どうかしたのかい」

「落ち込んでいたの。落ち込むと、ホキに電話するの」

「俺はホキじゃないよ」

「だって、人を笑わせるんだもの」

29.　彼女は、座ったまま、レコードをめくりながら、話を続ける。俺の位置からは、足首しか見えない。

30.　ホキはヨガを教えてくれた。なんの役に立つのか怪しいものだが。俺はベッドでヨガをやってみる。とても本気にはなれない……。
ノートに書きつけておく。なんとかものにしなければならない三つのこと。ヨガ、菜食主義、瞑想。ヨガをやる最初のニグロといったところだ。

31.　啓子の側で瞑想に入るにはどうすればいいのだろう。香水の香りが部屋に漂っている。

32.　啓子が酒を持ってきた。
「少な目でいいよ」

「スープを作ったわよ」

「スープはお椀にたっぷり入れてくれ」

「何様のつもりよ。床に入ったまま、いい気なもんね」

「だから、最初に言ったろう」

「なんて？」

「ベッドから出ないって」

33. 啓子はしとやかにカップやお椀を小さな低いテーブルに載せている。本物の芸者のように酒をついでくれた。うれしいことに、米のアルコールはいくら呑んでも酔っぱらわない。俺はじっくり酒を呑む。啓子は一気に呑み干す。

34. 「何か食べる?」
啓子は出て行ったかと思うと、風のように舞い戻ってきた。漆のお椀にご飯が盛ってある。いい香りのする味噌汁。それに、刺身とアスパラガス。

「うまい」

「ホキの献立よ」

「酒をもう少し注いでくれないかい」

「お酒が好きなのね」

「そりゃあ、呑むさ」

「私は頭がくらくらしてくる」

「別にいいじゃないか」

35. 外は雨が降っている。止んでは、また降り出す。いつのまにか降り出す。俺のせいじゃない。道教の言葉。「帰還は道《タオ》の運動なり」。

36. 啓子が帰ってきた。今度は着物を着て、うっすら化粧している。雨の日は、色気がプンプンする、頭のくらくらする女と何をすればいいのだろう。

37. 本降りになってきた。大粒の雨が斜めに降る。部屋の中がまたも薄暗くなった。体をひねってみせる啓子は、尼僧に見える。着物の端から足首が覗いている。

38. びしょ濡れになった小鳥が窓に来て、ガラスを突ついている。ガラスをカタカタさせる嘴。どしゃぶり。鳥はまだいる。雀だろう。

一茶が詠んでいる。

私のところに

遊びにおいで
孤児の雀よ

我と来て遊べや親のない雀

39. 啓子の動きがますますゆるくなる。スローモーションの映像を見ているようだ。鳥が窓を休みなく叩いている。あんなに華奢な鳥がどうしてあれだけ激しく叩くことができるのだろう。いずれにしても、鳥がいる。ふらふらになった鳥。

40. 部屋の中がますます暗くなった。思わせぶりの酒。鳥はさすがにくたびれたようだ。

41. 雨は激しくなるばかりだ。滝のような雨。鳥は窓ガラスの向こうで逃げ場を失っている。
啓子が仰向けになった。黄色い下腹が見える。両脚を天井の黒い梁に向けてまっすぐ伸ばしている。着物は脇に乱れている。

42. 小鳥は、ガラスに穴を開けるまで突つくつもりなのか。啓子は床の上で、ゆっくり胸を愛撫している。
老子は水牛に跨がったまま玉を失う。中国の哲学者が玉を失ったら、何かが起こらないではおかない。

43. 啓子がまだ乳房を撫でている。俺は人類の未来のために、いまこの瞬間から期待すること大だ。ユダヤ＝キリスト教文化の命運が、いまこの瞬間、ロサンゼルス生まれの日本女性とニグロの間で決まろうとしているのだ。

44. 啓子は今度は恥骨の毛に手をやっている。薄闇に浮かびあがる恥毛。両手で脚をこする。そびえ立つ二つの塔。
俺はフトンに横になったまま、目を半ば閉じているが、彼女の動きを一瞬たりと見逃しはしない。右手は王杖を握っている。黒々としたセックスを。

45.　鳥の命がかかっている。啓子はアマガエルのように跳ねる。手が腿の間を登っていく。汗がにじみ出ている。裸身に張りついた掌。乳首が尖っている。頭を激しく左右に振る。激しく喘ぎ出し、喉が鳴る。啓子は、乾いた唇を紫色の舌で嘗める。腹が軽く痙攣しながら捩れる。

46.　鳥が堕ちるのが見える。啓子は息を切らしている。緑の爪が血と粘液に染まっている。腰がゆっくり動く。彼女の手が更に奥深く埋められていく。丸くなった体。

47.　雨が小降りになる。再び日が射す。部屋がすっかり照らし出される。

48.　啓子の息づかいが激しくなる。鼻翼が膨らんでいる。下腹が激しく収縮している。食いしばった歯の間から、ついに叫びが漏れ始める。ごく小さな叫び声。湿り気のある叫び。彼女の体が痙攣で揺れる。腰が勢いよく持ち上がる。

49.　再び雨が降りこんできた。憤っているようにも見える。啓子の腿が開いたり、閉じたりする。笛のような声が出る。十秒間。これが叫びというものだ。はじめはとぎれとぎれに、激しく、次第に高く昇っていき(一種の浮遊)、それから降りてくる。静かに、優しく、満ち足りて。

50. 鳥は自分の命で、啓子のオーガスムを贖った。

Ⅳ

51. 「訃報、リタ・ヘイワース。享年六十八歳（AFP、AP、UPI、ロイター）。ニューヨーク。
女優のリタ・ヘイワースが、木曜から金曜にかけての夜、孤独の中で亡くなった。彼女の黒髪は、一九四〇年代の全ての映画ファンを興奮に陥れたものである。長年、アルツハイマー病を患っていたが、ついには、ハリウッドの栄光の日々さえ忘れ去るにいたっていた。」

52. 一九一八年ニューヨーク生まれ。両親はどちらも芸術家だった（父親は、セビリヤ出身のダンサー）。十二歳で初舞台を踏む。四年後、映画界に転向。まもなく、一時代を画するセックス・シンボルに登りつめる。

53. 一躍その名を高めたのは、一九四〇年代の初め、フレッド・アステアと共演した映画『踊る結婚式』。一九四四年には、『カバーガール』でジーン・ケリーと共演。

54. リタ・ヘイワースの魅力が銀幕上に真の意味で炸裂したのは、『ギルダ』(チャールズ・ヴィダーが彼女のために一九四六年に制作した映画。映画史の中で最も美しいストリップショウを含むと言われる)と、『上海から来た女』(一九四八年)である。彼女は後に回想している。「私がつきあった男たちは皆、ギルダにぞっこん惚れ込んでいたわ。そして目を覚ますと、横に私がいるのに気がつくのよ」。

55. 一九四六年、その名声故に、ビキニ環礁の上空で実験された最初の水爆には、リタ・ヘイワースの絵姿が貼り付けられていた。

V

56. ホキは、ニューヨークに発つ前にパーティーを催した。招待状が見境なく送られた。白い書状には（簡素に）「ホキの家でパーティーがあります」とだけ書かれていた。

57. ホキの友人は多彩だ。実業家、ジャーナリスト、モデル（前にも言った通りだが、トイレに行って席を外していた読者のために書いておこう）、大学教授、作家、画家、男色家、はったり屋、ボクサー、ゲイ、そしてニグロが一人。これがホキの世界だ。どこにでも持っていけるポータブル宇宙。

58. ホキは、俺に日本名をくれた。桃青《とうせい》。(6)「青い桃」という意味だそうだ。俺は、黒人種の日本果実第一号と言うわけだ。

59. あちこちで買い物をする。この界隈はなかなかいい。全体が長方形をしていて、北にヴァン・オルヌ通り[7]、南にシェルブルック通り、東にサン・ローラン通り、西に公園通りがある。ユダヤ人、ギリシャ人、ヴェトナム人、ポルトガル人がいるし、ケーキ屋、果物店、八百屋、雑貨屋、魚屋、種々の鳥の肉を売っている店。ハイミーの店でベーグルを買った。サン・ヴィアトール通りの店だ。公園通りのＳＡＱ[8]で酒を数本。サン・ローラン通りでパンとデザート用菓子。

60. ホキの黄色のフォルクスワーゲンで買い物をした。彼女がバンクーバー大学にいた頃からの車だ。車内で四人が一緒に性交していたそうだ(伝説を信じれば、の話だが)。どうやってやるのかな。想像もつかないよ。当時はホキを知らなかったからね。でもできないことはないらしくて、このおんぼろフォルクスワーゲンは大学のキャンパスでも有名で、愛の車として知られていたらしい。

61. フォルクスワーゲンで帰路につく。五時頃だった。サンドニ通りに差しかかると、花とお香を買う。ワーゲンがガタつきはじめた。限界だったのだ。

62. 日差しが強かった。澄んだ空（ものは言いようだ。モントリオールの空が澄んだことがあるとしての話だが）。雲がじっと歩みを止めている。おんぼろワーゲンが、マグリット風の風景の中を突き進んでいく。ホキは歯を食いしばっている。考え事をしているのだ。俺は、魚や野菜や、果物、花、菓子類の入り交じった匂いに包まれて、茫然自失としていた。

63. ものごと（ようするに、街路の車、人、並木、ビル、雲、午後のことだが）がクルクル回転していた。テンポの速い人生。

64. ホキは車を飛ばした。ピリピリしている。ちらりと彼女の手首を見やると、神経質に動いている。青い静脈が長く浮き上がっている。こめかみがピクついている。考え事をしているのだ。

ワーゲンがやにわにUターンして、中国人街に戻る。

65.　帰宅。宵闇。

日没が美しすぎて目に痛い。鮮やかに溶解した赤銅色。公害で汚染された空気が上演してみせる、信じられないほど繊細な劇。スモッグでなければ、あんな壮大な夕焼けはありえない。

Ⅵ

66. 着物姿のホキ。
ブーブー姿の俺。
啓子と麗子。芸者姿の双子のレスビアン。ぶつぶつ言う啓子と、科《しな》をつくる麗子。

67. ホキは、部屋のあちこちにおつまみを置いた。人の意表をつくような場所に置いてある。カシューナッツ、銀杏が六角形に刻まれて、干し魚と一緒に置かれている。しばらくの間、みんなはクルミの入った袋探しに興じた。

68. 台所から、ホキが、漆塗りの赤い椀に豆腐と小海老が入ったスープを運んできた。お椀の中を見ると、底にひとつまみの香草と河豚、レモンの細片が入っている。ホキは、高さが四五センチくらいの低いテーブルを六つくらい並べて、その上にお椀を置いていった。

69. 隣に座った男が、東京近郊の河豚料理屋で中毒になりかかった話をする。

「河豚って、なんだい？」

「えっ、ほんとに知らないんですか」

「自慢じゃないが、カリフォルニアだって行ったことないからね」

パーティーに来ている人たちは、みんな、少なくとも五回くらいは世界を一周したことがあるような顔をしている。別に気にもならなかった。俺は動くのが大嫌いなんだ。移動中の飛行機が原子爆弾にやられないかと気が気でない。

「そうですか。河豚ってのは、肝臓と卵巣に強力な毒をもっている魚ですよ」

「人を殺すほどかね」

「あたったら、助かりません」

「そんなものを日本人は食べるのかね」

「日本で一番賞味されている料理ですよ」

70.　ホキが生姜をはさんだ胡瓜を大きな碗に入れて持ってきた。俺の頭の中では、どういうつもりで日本人が毒魚を食べているのか気になってしかたがなかった。「ヒロシマ」となにか関係があるだろうか。

71.　ホキの言う通りだった。十一時になると、続々と詩人たちがやってきた。音楽家、モデル、ダンサーも入りまじっている。みんなソファーに陣取った。女の子たちには恐れ入った。モデルたちは、息を呑むような体をして、目が飛び出るようなおっぱいをしている。

72.　こんちくしょう、ゆっくり腰を落ち着ける場所を見つけた時にかぎって、自分の音楽に世界の生き残りがかかっていると信じて疑わない馬鹿《ゾゾ》が出てくるんだ。

その晩の出し物は、背の高い金髪男だった。革のサンダルを履いた運動選手のような脚をしていた。繊細な優男だった。カリフォルニアから来ましたとでも言わんばかりに肌がいい色に焼けている。二曲ほど踊ってみせた。女の子たちが夢中になる。俺の機嫌がいいはずがなかった。

73. 麗子はすぐに、ダンサーの一人につきまとう娘に気がついた。白い「ダンスキン」を着て、硬い細身の体をした亜麻色の髪の子だ。ひょろりと背が高く、面長だ。フランスという名だった。おとなしそうな顔の美人ではない。火山の噴火口だ。

麗子はフランスが欲しかった。一目見るや、麗子はなにがなんでも彼女が欲しくてたまらなくなった。それも直ちに。

74. ホキが鮨を運んできた（酢であえた米で、上に玉子焼き、クレッソン、茸、胡瓜の細片、刺身を載せて丸めてある）。フランスが側に行ってホキの手伝いをする。鋼のような細い脚。

75. ギターを抱えた男――ニジェル――が、創世記を題材にした曲を歌っている。薄暗くなった片隅に座り、衝立の陰に隠れるようにしてギターを爪弾いている。彼と、その薄汚い音楽以外は、この世に存在しないといった風情だ。あのタイプの人間はマギル[9]に掃いて捨てるほどいる。

76. サラが部屋を真横に突っ切って、ニジェルに言い寄る。いけずうずうしいにも程がある。カナディアン・パシフィック会長の糞娘なのだ。むき出しの素足。毛の生えた脛、脇の下。自然そのままだ。生の一千万ドル。

77. ホキはてんてこ舞い。麗子は涙ぐんでいる。モデルたちは、緑がかった醤油が手渡されるのを見ただけで恍惚としている。テーブルの反対側に座った男が、豆腐を食べながら、日本の経済的成功の本当の理由をくどくど説明している。馬鹿が西洋には腐るほどいる。

78. コーエン[10]が一人ぽつんと座っている。一人。見るからに、誰とも話をしたくないという顔をしている。

「こんばんは、私、ケイトというの」

コーエンは、牡蠣が殻を閉じるように顰め面をした。

「コーエンさんじゃないかしら」

「いや」

「あなた、コーエンでしょ」

「しつこい人だな」

「レコードのジャケットであなたの顔を見たことあるわ」

「だからね、僕はコーエンではないよ」

「じゃあ、証拠を見せてよ」

「証拠なんか、そんなもの必要ないよ」

「やっぱりコーエンさんね」

「つきまとう人がいないって言うから、ここへ来たんだが」

「コーエン、レナード・コーエンだわ」

「ちがうよ」

「あなたがコーエンでなかったら、いま頃、私の脚をちやほや褒めているわよ」

たしかに、ケイトの脚は文句なくすばらしい。

「じゃあ、何の用があるんだい」

「あなたとセックスしたいわ」

「どこで？」

「ここで」

「この場で？」

「いますぐ」

「僕の趣味じゃないな」

「だからこそそうしたいのよ」

「他の男とやってくれ」

「やきもちやきの男ばかりで、うんざりよ」

「そんなこと知ったことか」

「あなただけは別よ」

79. 麗子はフランスのことしか頭にない。でも、フランスには連れがいるのだ。エディ・トゥサン・バレエ団の若いダンサーだ。誰でも知っているロシアのダンサーにそっくり。もちろんのこと、彼もそれを意識していて、それらしく振る舞っている。麗子はなおもフランスにウィンクを送りつづけている。酔わせようと、バラシニコフに酒を注いでいる。フランスは笑っている。麗子はその道の達人だ。

80.　ぞくぞくと人が集まってくる。誰もが顔見知りらしい。ホキはもてなしをつづけている。もう雰囲気が盛りあがってきた。ビジネスマンたちはネクタイをゆるめている。酒がひっぱりだこだ。

81.　バラシニコフが急にそわそわしだした。何かが気になる様子。フランスが彼の目の届かないところに消えたのだ。

82.　麗子は脇に幾つもオイルの壜を置いている。フランスの脚をマッサージしている。フランスの顔がとがってきた。目がきつくなり、唇が少し歪んでいる。雌鹿が愛撫の散弾銃にわななないている。麗子は落ち着いたものだ。

83.　啓子がもう酔いのまわったバラシニコフとゲームを始めていた。啓子が巧みに酔わせたのだ。双子はいつもこうして示し合わせるのだ。一人は娘を相手にして、もう一人が男をKOする。交互に役を代えるのだ。

84.　啓子が、バラシニコフの前に、酒が半分ほど入った小さな杯を置いた。
「この杯に代わる代わるお酒を注ぐのよ。あふれさせた人が負けね」

「勝つとどうなるんだ」

「あなたが勝ったら、私のことを好きにしていいわ」

「で、俺が負けたら？」

「フランスを置いて帰るのね」

返事を待つ時間。

「俺から始めるぞ」

バラシニコフが唸るように叫んだ。

85.　麗子が物思いに耽るようにしてフランスの素足を愛撫している。フランスは身を捩り、うつ伏せになっている。麗子は手を弛めない。落ち着いて、腿の間を開いていき、手を忍び込ませる。

86. 彼女の腰が丸みを帯びてきた。乳房は幾分重そうだが、ほれぼれする程しっかり張っていて、先が尖っている。乳首が勃起すると、円丘の頂に向かって色が円周状に変化していく。乳房は全体がバラ色になる。上に行くほど張りのせいで白くなっている。乳首が硬くなり、上を向いている。黒みがかるほど紫の色が濃くなる。フランスは喘ぎ声を洩らす。脚が硬直して、上方に伸びている。麗子は唇を次第に腿の付け根に近づける。フランスは嫌がる素振りを見せ、体を揺する。

87. ホキは皆を驚かせるため、河豚をまた持ってきた。河豚の刺身。薄く切った透明な白身の切れ端。葱と山葵《わさび》のたれ。

88. 啓子とバラシニコフはゲームを続けている。バラシニコフの手が震えている。杯に盛った酒の表面がドームのように膨れている。
「君の番だよ。啓子」

啓子の首筋をズームする（35―80mmのタムロンレンズを使用している）。啓子が神経を集中させる。一滴垂らす。盛り上がった水面が踊るが……持ちこたえる。

89.　フランスが麗子の下で足掻いている。麗子が押さえこんでいる。唇が合わさる。下腹がぴったりくっつく。フランスが快楽に耐えている。麗子が巧みに壺を押さえている。

90.　バラシニコフが手の甲で杯を払いのける。杯が、コーエンの頭をかすって壁にぶつかった。コーエンから離れないでいた娘の顔に酒が飛び散る。

91.　フランスは寝そべったままだ。口をあけて、されるがままになっている。

VII

92. ホキは向こうの話をしたがらない。向こうとは、日本のことだ。「私はバンクーバー生まれよ。北アメリカの人間なの」と彼女は言う。それなら、どうして不意に絶望の表情を見せるのだろう。

Ⅷ

93. 啓子は俺が眠っている間に出て行った。丸めた着物を床に残して。生命の最後の印。俺は一日の手始めとしてヨガをやってみる。寝たまま。何があろうと、ベッドから出るつもりはない。俺には何も要らないし誰も要らない。

94. 啓子が、枕元にアスパラガス入りのお吸い物をお膳にのせて置いて行ってくれた。頭のすぐ傍らにある。たっぷり呑む。酒を浴びる。長生きするつもりだ。

95. 最初の人類はニグロだった。最後の人類となる者もやはりニグロだろう。寝たままの姿勢を選んだニグロ。

もし、原子爆弾が人類を残らず摘み取りにくる日は訪れないというのであれば、最後の人間はハンモックの中で死ぬだろう。どんなハンモックを選ぼうと白人は二時間と持たない。

96. 俺は、ホキの日当たりのよいロフトに寝たままだ。啓子がイヤリングを落として行った。床の着物の側で光っている。窓が開いている。公園通りの騒音が聞こえてくる。

97. 俺は、公園通りが気に入っている。街の動脈となる街路はやはりいい。バー、車、夏の装いの娘たち。日当たりよい通り。ワイン、午後の日差し。なににもまして俺が好きなのは、ビリー・ホリデイさ。

98. 俺は爪先まで都会人間なのだ。俺の牛とは車のことだ。田舎は御免こうむる。郊外も嫌だ。何と言ってもモン・ロワイヤル公園[11]がいい。街に住みついたリスがいて、ギリシャ料理のレストランがある。ホキのところに居候するようになって一週間になる。ホキはニューヨークにいる。ジョン・レノンのためだ。やつに起こったことは誰でも知っているだろう。あわれなレノンと言うしかない。

99. 一人で街をぶらつくのも悪くない。行き当たりばったり、成り行き任せでいいんだ。あとは見るだけでいい。ビストロ・ティメネーズはすぐそこだ。テラスが見えるだろう。俺にとっての無上の喜び（リタ・ヘイワースと週末を過ごすという空想は別としても）は、夏の午後二時頃にカフェのテラスに腰をかけて、ワインを啜ることだ。二時頃というのは、しっかり日差しと娘たちを満喫するためだ。座って眺める。規則はそれしかない。娘たちが通りすぎるのを眺める。足の赴くままに任せればいいのに、考え込む馬鹿がどこにいよう。眺めてワインを味わう。時が経つ。日が翳ってくる。車のヘッドライトが赤みがかる。宵闇に光る黄金の棒に見える。それもいいだろう。あたりに漂う寂寥はワインにふさわしくてシックだ。

IX

100.　ホキは、枕元のテーブルに何冊か本を置いて行った。三島の本と、川端康成が何冊か、ボルヘスの仏教に関するエッセー、ぼろぼろになった道教の本。ホキは、十八世紀の図版入りのカーマ・スートラの古本を一冊もっている。

101.　ホキは、実を言えば、アジア的な人間だ。外側は北アメリカ人、内側は日本人。二つの人生の間には秘密がある。

ホキは、向こうで起こったことの後に両親がアメリカを選んだことを許していないと、俺は思う。

あの日、ホキの両親は東京にいた。原爆の日。ホキの祖父は広島にいた。

102. ホキの祖父は視力を失った。そして言葉も失った。ホキは、ビートルズ、ジム・モリソン、ジャニス・ジョプリンの世代の子だ。
彼はホキのために、人を盲目にする光線を語る詩を書いた。黒い光線。

X

103.　ロフトはさんさんと日差しを受けている。一人、読書に耽る。祈禱する僧侶のように一心不乱に。カーマ・スートラを読んでいる。そして、モーツァルト的な宇宙を夢見る。若い娘たちが六十四の芸（芸術、科学、宗教）に精を出している宇宙。ホキが言ってくれた通りだ。カーマ・スートラは、単なる性交以上のものなのだ。

104.　たまたま開けたページは性交を扱った章だった。俺は、ホキに逢うまでは、性交というものを知らなかった。俺のやり方は幼稚だった。まっすぐオーガスムに向かうだけだ。

105.　少なくとも一ダースほどの接吻が挙げられている。ヴァーツヤーヤナはその内の三つをよしとする。

　慎重な接吻
　痙攣的な接吻
　押しつける接吻

娘が自らは何もせずに恋人の唇に自分の唇で触れるとき、慎重な接吻と言われる。

娘が羞恥心を捨てて、押しつけられた唇に自ら触れようとして、自分の下唇だけを動かすとき、痙攣的な接吻と言われる。

それに対して、娘が恋人の唇に自分の舌で触れ、目を閉じたまま両手を恋人の手の中に置くことを、押しつける接吻と言われる。

106.　ホキは俺に接吻をした（慎重な接吻と、痙攣的な接吻と、押しつける接吻）。それから、あの極東特有の甘い狂気の雰囲気の中で、緑色の爪で俺を引っかき、爪痕をつけ、噛みつき、掻きむしった（芳香、音楽、和らいだ光）。ホキは、俺を噛んでタトゥーをつけた。ヴァーツヤーヤナが性交《コングレ》と呼ぶものだ。それは七十二時間も続いた。ジョン・レノンの死によって、ようやく……。

107. カーマ・スートラを読むと、つけた痕にしたがって、八種類の爪の立て方がある。
①驚鳴
②半月
③環状
④線状
⑤虎の爪
⑥孔雀の脚
⑦兎の跳躍
⑧蓮の花
ホキの爪――麝香、血、緑水、角。祝祭は紫色に変色した。

108. ヴァーツヤーヤナは、また、八種類の噛み痕があると言う。
①隠微な歯咬
②膨れ上がる歯咬

③斑咬
④点線
⑤珊瑚
⑥珊瑚の線
⑦千切れ雲
⑧猪の咬痕
ホキが俺につけた咬み痕はこの順番ではなかった。

109.　フトンに横になったまま、俺は、老子の眼差しの下で、ホキがやってみせたカーマ・スートラの不滅の十の体位を見る。
「私とやるときは、激しくないとだめよ」

「俺とやったら壊れるよ」

ホキは壊れる女ではなかった。

110.　腕を前に伸ばし、腹這いになって、ホキは深く、荒く息を吐き出す。長距離選手が走りきった時のようだ。少しずつ腰を上げ、突き出してくるので、俺に何を期待しているのか疑う余地もない。身体があまりに小作りなので、年端もいかない少女を犯すような心地になる。だが、胸は引き締まっていて、尖っている。尻は丸く堅い。彼女の方が俺を導いて、ごくゆっくり小さく揺すりながら俺を吸い込んでいく。なおも深く息をしながら、一息毎に何ミリか進んでいく。俺のセックスを締めつける圧力が不意に緩んで、極上の感覚が染み渡り、ペニスはなおも燃え盛る鞘に沈んでいく。ホキは心が満ちたような長い長い喘ぎ声を吐き出す。俺はいまや付け根まで差し込んで、抗っていた筋の抵抗をねじ伏せた。

111.　ホキは日本語で何事かを口走ると、痛みを訴えるというのでもなく体を波うたせはじめた。俺は汗ばんだ腰をしっかりつかまえ、静かに深々と差し込んでいく。腰の一撃を加えて、彼女を釘付けにした。驚異的な爆発に俺は目が眩む。ホキの祖父が広島で見たのと同じ爆発なのかもしれない。

112.　公園通り四五三八番地でホキがやってみせた十の体位。
女性が腿の一方を愛人の腿に絡ませる屈曲位。

女性が両脚を高く上げる浮上位。

女性が両脚を持ち上げ、愛人の肩に懸ける肩掛位。

女性が胸の前に膝を折り曲げたままにする屈膝位。

一方の脚を伸ばす片膝位。

女性が一方の脚を愛人の肩に乗せ、他方を伸ばした後に、その脚を愛人の肩に乗せ、前の脚を伸ばす格好を交互に交える竹割位。

女性が一方の脚を頭の上に乗せ、他方を伸ばす釘打位。

両脚を腹の上に折り曲げて置く寄木位。

両膝を曲げて交える蓮座位。

113. この瞬間（性交《コングレ》のまさに最中）に、ホキの頭でものすごい音がした。
ジョン・レノンがマンハッタンの自宅（ダコタ）の前で倒れたところだった。

XI

114. 一九四六年、アメリカのメッセージはまごうことなくはっきりしていた。最初の爆弾がリタ・ヘイワースという名だった。若さ、美しさ、セックスそして死を象徴していた。

115. 一九八七年、俺は、シェルブルック通りのギャラリーで出会ったホキに関する走り書きを集め始めていた。ホキは、とばっちりと言ってもよいが、リタの犠牲者なのだ。俺は、昔からリタの熱狂的ファンだった。俺は今、ホキにいかれている。二人の女性はどちらも放射性なのだ。

116. 一カ月後（五月十四日木曜から十五日金曜にかけての夜）、リタがアルツハイマー病で亡くなった。ホキの方は、向こうで起こったことをなにもかも忘れようとしている。

117. 手帖に三つのことを走り書きする。セックス、爆弾、記憶。

XII

118. 日曜日、ウートルモン公園でのことだった。日曜の朝だ。小雨まじりの日曜と言っておこうか。草むらは濡れていた。ベルナール通りとケルブ通りが交差する南西の角にある、いかした小さな公園だ。小さな池があって、その上に小さな橋がかかっていて、庭園があって、子どもと犬用の公園、テニスコートがある。そして、反対側には、タージ・マハールのような白い建物が建っている。

119. この公園を歩くのが好きだ。気の向くまま、足の向くままでいいのだ。俺は歩いている。それだけのことだ。どの一歩もそれだけで全てなのだ。すぐれた禅僧と同じだ。大抵は、歩き回りながら、マギルの日曜版の新聞にハイミーのベーグルを包んで齧る。

120. 今朝は、ベルナール通りから公園に入った。探偵（私立探偵とチャンドラーなら言うところだろう）が尾行していたら、俺がさわやかな足どりで芸術的な橋を渡り、細長い池に向かったとノートしておくだろう。それから俺は、言うまでもないが同じ距離だけ歩いて、滝が傍らにある小さな庭の前に出る。雨が降っている。細かい雨なので液体酸素のようだ。無数の微小な針が水面を刺しているように見える様をじっと観察していると、ようやくそれが細かい水滴なのが見分けられる。

121. 鴨は好んで雨の中を泳ぐ。

水の底に
見えた
鴨の子の面
　丈草(12)

水底を見てきた顔の小鴨かな

122. ホキのカメラを一台持ってきた。コンタックス139だ。真っ黒で、官能的で、そしてずっしりとした写真機。それで写真を撮った。三回、シャッターを切る。

パチリ　女の路上生活者《バッグレディ》。

パチリ　七十か七十五くらいの男。優雅で、背筋をまっすぐ伸ばしている。ステッキ。キース・ヴァン・ドンゲンを思わせる。

パチリ　昔からのウートルモン・スタイルの婦人が二人。

123. テニスコートの前で公園のベンチに腰掛ける。二組のカップルが混合ダブルスをしている。雑誌『ハーパーズ』[13]に出てくるイメージにそっくり。俺に一番近い所にいる若い女はシャーリー・マクレーンに似ている（少しポッチャリしているが）。もう一人の女は、ジュヌヴィエーヴ・ビュジョルドの生き写しだ。いまさら言うのもなんだが、ウートルモンの娘たちはみなジュヌヴィエーヴ・ビュジョルド[14]そっくりの顔つきをしている。

124. 男かい？　リラックスした、政治的に右のエリートサラリーマンというところかな。

要するに、特に言うべきことはない。
シャーリー　三十五か三十八歳。
ビュジョルド　四十か四十二歳。
二人の男はちょうど四十だ。

125. 二組の動きはよく似ている。同じような要素の組み合わせなのだ。フェアープレー、競争心、パンチのきいた動作、洒脱な態度。ビュジョルドの方が昔のプロを思わせる。彼女のバックハンドはなかなか鋭い。グーラゴング(15)を思わせる。

126. おそらくテニスほど官能に満ちたスポーツはない。なんといっても女性のショートスカートがいい。努力と優雅さ、そして脚の絶妙な組み合わせ。

127. 写真を撮ることほど、エロス的な行為はない。日本人はそれをよく知っている。コンタックスを持って来ていた。ポルシェがボディーを設計し、カール・ツァイスが考えたカメラだ。俺は、ホキの手の中にある写真機になりたい。

128.　写真を二枚。
パチリ　サーヴを放つビュジョルド（軽く曲げられた膝、緊張した横顔、曲げられて膨らんだ背中）。
パチリ　空中を飛ぶボール。シャーリーのショートスカート（すべすべの脚。まろやかでスラリとしている）。

129.　テニスの試合を見ていると、体の神経がほぐれる。左右対称のゲーム。どちらの側にも異性のパートナーがいる。ボールがネットを越えていく。
ポン・ポン・ポン
目を瞑る。
ポン・ポン・ポン・ポン・ポン・ポン・ポン・ポン・ポン・ポン・ポン・ポン・ポン

130.　目を開けると、女の子がいた。十二歳か十三歳だろう。妖精の体つきをしている。ロリータ。俺は彼女を眺めていた。コートの周囲にめぐらされた緑の金網越しに。

自然の鳥籠
鷲のために繁る
竹林

望一[16]

をのづから鶯籠《うぐいすかご》や園《その》の竹

131. 雨が止んだ。水上の高速モーターボートと言おうか。水を得た魚のようなミニスカートのロリータがいる。飛び跳ねて空中でボールをとらえるロリータ。蚊に刺されたのか、やにわに後ろを向くロリータ。晴れやかな笑みを浮かべるロリータ。乱れた髪をかき上げるロリータ。不平がましいロリータ。躍動感に溢れたロリータ。目がなごんでいるロリータ。はすっぱなロリータ。性格の悪いロリータ。爆笑するロリータ。みずみずしいロリータ。ラケットをだらしなく持つロリータ。一心不乱のロリータ。子どもであり女のロリータ。ベンチに座ったロリータ。ビュジョルドとおしゃべりしているロリータ。腰にタオルを巻いたロリータ。口笛を鳴らすロリータ。後ろ姿のロリータ。横顔のロリータ。前から見たロリータ。真剣な面持ちのロリータ。顔を尖らせたロリータ。リラックスしたロリータ。うれしそうなロリータ。機嫌をそこねたロリータ。斜め後ろから見たロリータ。潑剌としたロリータ。ボールに立ち向かうロリータ。

品のないロリータ。スマッシュを打つロリータ。追い込まれたロリータ。へまをするロリータ。シャーリーと腕を組んでいるロリータ（母親かもしれない）。ミネラルウォーターのボトルに直に口をつけて飲むロリータ。ロリータの赤い舌。うっかり顔のロリータ。宙に脚をはね上げるロリータ。もの思いに沈んだロリータ。四十四のポーズを見せるロリータ。暗、室、い、い、い、のロリータ。

XIII

132.　啓子の家。いま製造されたばかりのような、ぴかぴかの娘たちが何人かたむろしている。真新しい肌。白く光る歯並び。どの娘も一色に統一された豊かな髪をしている——黒、緑、オレンジ、でなければ輝くアルミニウム色。どこまでも長い脚。ケンゾーのクリエーションによるウートルモンの娘たちだ。

ウルトラモダンな器械仕掛けの人形たち。

133.　ミニアチュールの娘が一人。こんなに小柄で、しかも全てが完璧な子は見たことがない。彼女が、マギルの巨人のような学生、優秀なサッカー選手によじ登ろうとしている。学生が彼女を片手で押さえこむと、口の高さまで持ち上げた。娘は黒い睫毛をぱちくりさせている。男は、すっかり魅いられている。

134.　キングコングの腕の中のベティ・ブープ。ベティ・ブープは日本からやってきた。日本のテレビで仕事をしていた。名前は麻里子と言う。

135.　卵形の、燦然とした、黄色のアジア人たち。一筆書きの目。正真正銘の銅の肌をしたインド女性たち。日本人名をもつニグロ、桃青。愛で異なる色に調和を与えよう。

136.　浴室にて。

啓子が便器に裸で座っている。股間を石鹸で洗っている。（対面にある）便器：麗子が肩を反らせ、肘をつっぱっている。喉元を天に向けている。透き通った肌をした手首の下に、濃紺の静脈が浮きでて、Hの文字を描いている。爆弾と同じ頭文字。

膨らんだ、狭い、すべすべの、裂けたセックス。

137.　俺はゾンビのようにあちこちを歩き回る。誰もが、色とりどりのクッションに寝そべっている。クッションがなくては、ウートルモンのパーティーはありえないのだ。これからは、ニグロのいないパーティーも考えられないだろう。なくてはならない飾りというわけだ。ニグロがいるから、どんな突飛な思いつきも許されるというところがある。啓子が電話で友達に言っていた（麗子が教えてくれたのだが）、「ニグロも一人いるのよ」。

138.　ユーラシアの若い女が子どもに乳を与えている。まだ少女と言っていい。やせこけていて、透き通った肌をして、部屋を横切っていく。啓子が、小刀で少女の乳房に触れる。乳が飛び散る。まもなく、血の小さな粒が出来て、固まった。

139.　美沙子が浴室で麗子の傍らに寄る。棚からピストルを取り出す。親指で撃鉄を上げると、溝が亀頭の形をしている。麗子は、裸のまま、両脚を開いて、思案顔にピストルを眺めている。

「大丈夫よ」と美沙子。

「よく出来た機械なのよ」

「別に怖いわけじゃないのよ」

140. すると、美沙子が引き出しを開けて、何かを取り出す。丸みを帯び、どっしりと黒みがかっている。膨らんだ針刺しに似ている。それを銃床に取り付ける。ピストルを彼女の下腹に、ちょうど股の交わる所に押しつける。麗子は、鼻翼を広げて、一種のセックスが突きつけられるのを見る。その根は、赤毛の厚い茂みの中に隠れている。
「言っとくけど、痛いわよ」と、美沙子がこともなげに言う。

141. 啓子は深爪を切って、十本の指から血を垂らしている。薔薇色の爪を鋏で彫ったのだ。指から血が流れ出ている。啓子は下腹をはだけて、真っ赤な五本の筋をつける。
二人の娘は一緒に浴室に入る。一人は、シルクスクリーンが得意だ。ほっそりした締まった肉が輝いている。骨が見える程脱毛したセックスが光っている。彼女は乳房を見せつける(薔薇色の乳首)。「明後日、鋏でこれを切っちゃうわ」。

142. 麗子と美沙子。

頬をつけて、指を絡ませ、腿にはさまれた膝、火のようなセックスがぴったり合わせられる。

ピストルの一撃。

143. 俺には頭が一つ、腕が二本、脚が二本、腹が一つ、セックスが一つあり、どこも黒い。

俺の腹が凹み、脇の下が剃られていた。セックスは凍りついている。

誰か（麗子か啓子）が俺の脇の下を抱えて、タクシーに乗せた。

144. 俺はホキのロフトで目を覚ます。ホキはまだニューヨークだ。公園通りに面した大きな部屋に寝ている。老子（なじみの仲間だ）が水牛に跨がっているのを改めて見ると、俺に向かって微笑んだ。何があろうと、俺はこのベッドから出ないぞ。ここで爆弾を待つのだ。

XIV

145. 今朝も雨模様。ホキは今夜戻ることになっている。啓子から電話がきた。昨夜、ホキから電話があったそうだ。啓子は、五時頃、空港に一緒に行ってもらいたいと俺に言う。

146. 啓子、ジューン、美沙子、麗子、ヴィッキーがホキと騒ぐために集まってくる。ヴィッキーにお目にかかるのは初めてだが、損をした気持ちにはならない。胸がないに等しいし、ぺったりした尻をしている。だが、啓子と一緒にいるジューンは、東海岸のすばらしい娘だ。背が高く、美人で、頭がよく、啓子にかしずいている。導師に従う信者に見える。啓子は、一番美しい子を難なく手に入れるだけでなく、彼女たちを無我夢中にさせる才能をもっている。ジューンはクッションの上に座って、背を啓子にもたせかけている。右足を折って下に敷くようにしているが、もう一方の脚は啓子が撫でている。

147. ジューンはいまや啓子の腕の中にいる。しどけない格好で、すっかり身を任せている。啓子は気のない様子で彼女の首筋をマッサージしている。

しかし、爆弾はいつでもどこかに潜んで、時が来るのを待ち受けている。いまがその時でも、おかしくない。

XV

148. 昨夜、ホキが帰ってきた。ラスタファリアンと一緒だ。男は、一晩中、レゲエを演奏していた。ホキはやつのいいようにされている。男が浴室に入ると、ホキもやにわに立ち上がり、後をついて行った。二人は聞くに耐えないようなけたたましい音を立てた。ドアが大きな音を立てて閉まった。それから、物音がしなくなった。小一時間ほど経って、二人が戻ってきた。ホキは完全にグロッキーという様子だった。

149. ホキは俺に何も言わなかった。でも、どこか余所に行ったほうがよさそうだ。俺はホキが好きだ。啓子も、美沙子も、麗子も、他の子たちも好きだ。だが、身を裂かれる思いをするのは、フトンから出なくてはならないことだ。

ビストロ・ティメネーズのところにでも行くつもりだ。あそこで、女の子や車が通りすぎるのを見ていよう。ワインでも呑むことにしようか。

150. もし彼女でも他の子（啓子とか麗子とか）でもいいが、俺に会いたくなったら、ティメネーズのところにいると、ホキに伝えた。ホキは、気のなさそうな顔で住所を、床に落ちているカードに書きつけると、フトンの脇の電話機の下に挟み込んだ。カードを改めて見ると、この間のパーティーの招待状だった。

爆弾それ自体

爆弾についてはその恐ろしさばかりが語られた。だから、その危険な面だけを信じかねない。だが、その爆発性が秘めている側面はないがしろにされてきた。そこに蓄積されたエロス的負荷であり、その夥しい原子の牙である。それが明日にも暴発するかもしれないという恐れが、私たちを終わりなき狂宴へと駆り立てるのかもしれない。誰でもかまわないという気持ち。ちょっと考えれば分かることだ。リタのことだ。終末の爆発によって何かを失う人とは誰だろうか。あなたではない。筆者でもない。それなら踊ろうではないか。噴火口の上でのダンスさ。誕生と交合と死。

マンハッタン・コーシャ⑰

ケロはホキの友人の一人だが（まったくもって、ホキの人脈は地球全体に張りめぐらされている）、そのケロがノーマン・メイラー[18]を自宅のお茶に誘った。メイラーは、彼の娘グロリアとミリアム・ローゼンバーグを連れてきている。グロリアとミリアムは、ブルックリンのユダヤ人街で幼年時代を過ごしたのである。

バト・ミツワー[19]の祝いの時に撮った、二人の写真を見ると、瓜二つの少女だが、グロリアはマンハッタンで、瑞々しいコーシャ娘になった。

ミリアムはいまでも昔ながらの街に住んでいる。彼女は、感覚の竜巻と言われるような娘とはちがって、目立たない娘だが、グロリア・メイラーの幼なじみである。

ケロは、部屋の隅に安置された茶道具をすぐに取り出した。ケロは裸足のまま、竹の模様をあしらった着物を着て動き回っている。

誰もが、黄色の絹製の座布団の上に東洋風に座っている。

ノーマン・メイラーは茶道具に心を奪われている。彼は、気になって仕方がないという様子で茶道具に触れては、その由来、日本語による名前、その扱い方を尋ねている。ケロはその度に丁重に答える。ホキが海の向こう側で起こったことを忘れようとするのとは逆に、しかし同じくらい強い気持ちで、記憶を大切にしている。日本のものはなんであれ、尊いのだ。彼女の願いは、アメリカ人の一人一人に「ヒロシマ」の愚かさを知ってもらうことだ。今回のように献身的になるのも、ノーマン・メイラーにいつの日か、日本について小説を書いてもらいたいからだ。

ケロはロンドンに生まれている。両親はいまでもロンドンに居る。彼女は、ニューヨークで演劇の講義を聴講している。だが実のところ、誤りを正すためにこそ、当地に来ている。アメリカは日本に謝罪すべきなのである。

ケロはキリリとしている。痩身で、身のこなしが柔らかく、しかも猛々しいところがある。目は恐いほどだ。ケロとのセックスは、芸者の身体をもったサムライとセックスするようなものだ。えも言われぬ苦痛にみちた寝室。彼女がサドで俺がマゾだ。

セントラル・パークに面した窓が唯一の光源になっている。グロリア・メイラーの身体はその光に浸されている。彼女の、重く、赤味がかった栗色の髪からは、清らかで、すがすがしい香りが発散されている。黄と緑の着物に締めつけられている彼女の体つきから、しっとりした、憚りないエロティシズムが漂っている。ミリアム・ローゼンバーグがそこにいるのは、あくまでも、ブルックリンのうらぶれた下町の娘がどんな道を辿ってきたかを示すためだ。

ケロは腰を据えて、竹の箸で道具の一つ一つに触れる。抑揚のない声でそれらの名前を告げる。

ケンスイ、使用済の水を捨てる容器
ヒシャク、水を汲むための道具
フタオキ、茶釜の蓋を置くためのもの
コブクサ、絹の小さな布
センス、扇
フクサバサミ、小袋
チャワン、茶を点てる碗
チャシャク、茶を掬う竹製の匙
チャキン、茶碗を拭く布
ナツメ、抹茶を入れる容器
チャセン、抹茶をかき回すもの
ミズサシ、水を入れておく瓶
シキイタ、火鉢を支える板

フロ、風炉
オカマ、茶釜
ケロの茶道は、代々受け継いできたものだ。数の多い道具の一つでも失ったら、「ヒロシマ」に匹敵する恐るべきドラマとなるだろう。マンハッタンの奥深くで取り行なわれる、この点前は儀式であり、ミサである。西洋の人間たちが、日毎、キリストの死に涙を流すのに似ている。

ミリアム・ローゼンバーグがいつもの怯えた小さな目つきをすると、ガザの鼠そっくりに見える。グロリアはケロの方に目を向ける。

「ミリアムの家は、ここからそんなに遠くないのよ」

「そう」

「あなたの家がある通りの角にアパートをもっているの」

「それじゃ、遠くないわね」

「コロンビア大学で医学の勉強をしているのよ」

「産婦人科なの？」

「ちがうわよ。神経科よ。とても内気な人だけど、怖がっているように見えても馬鹿にしちゃ駄目よ。天才なんだから」

　事実、ミリアム・ローゼンバーグは顔を真っ赤にしている。もしかしたら読者の中には見抜けない人もいるかもしれないから言っておくが、彼女は、ニューヨークの偉いラビの娘である。ブスで正統派《オルトドックス》で天才的なのだ。俺は、常々、醜さに惹きつけられてきた。美は人を外に晒す。醜さは保護してくれる。ミリアム・ローゼンバーグはしっかり保護されているのだ。えっ？　なんだって？　もちろん分かっているさ。ここからでも、やっかみの声くらい聞こえるよ（はっきりとね）。あの連中に言わせると、ニグロの男が手をつけていいのはニグロの女だけなのだ。人種的混淆は生命の形式であり、今日でも、デボン紀以来変わることなく存続している。「爆弾」さえ乗り越えて生き永らえるかもしれない。我々が単細胞アメーバだとしよう。それでも、私たちは集団となって脱出しようと試みるだろう。


　ケロは無言で下準備を進めている。すでに清潔な茶杓と茶碗をなおも拭いている。それから、一つ一つ、絹の布で道具を磨いている。

　日の光、静謐、晴朗。

　竹製の柄杓（ケロは点前の度に新しい柄杓を用いる）で釜から湯をすくい上げ、茶碗に移し入れる。長方形に整えた布を茶碗の縁に折り畳むように添え、次に両手の間でそれを回転させる。

ミリアム・ローゼンバーグは、光り輝くグロリアよりも少し後に控えるように座っている。ケロは茶を点てながら、低い声で、ノーマン・メイラーと言葉を交わしている。

「ノーマン、あなた、最近は書いているの」

「困っているよ」

「なにが困ったの」

「書けども書けども周りを回っているようでね」

「エジプトのこと？」

「そう……今度こそは、大作にぶち当たったらしい」

「ノーマン、あなたより偉い作家なんていないわよ。最大のリスクに挑戦できるのはあなただけよ」

「いやあ……投げ出したくなることがある」

「ノーマン、あなたから見て、重要な今の作家は誰なの」

「その名前を挙げられるアメリカの作家は二十人くらいいるだろうね。もっとも一人しか名前を挙げないだろうな。彼らは自分の名前を言うんだよ。ジョン・アップダイクならジョン・アップダイク。ベローならベロー」

「ノーマン・メイラーは何と言うの」

「ノーマン・メイラーはノーマン・メイラーと言うさ。私を信頼してくれていいよ。アメリカ文学は奇妙な状況にある。巨大な作家がいないからね。かつてはヘミングウェイがいて、フォークナーがいた。今は、タイヤのスポークのようなものさ。どれが一番大事なスポークかなんて誰も言えないからね。どのスポークも『私の知るかぎり、私しかいないよ』と言うに決まっている」

「私に言わせれば、ノーマン、あなたしかいないわよ。あなた以外の誰がいると言うの」

「私が敬意を払っている作家はたくさんいるよ。ソール・ベローはとてもいい作家だ。ジョン・アップダイクもいい。ジョン・チーヴァー……」

「ゴア・ヴィダルはどう?」

「ヴィダルは秀でた精神をもった、名随筆家だ。よい小説家ではないな」

「トルーマン・カポーティは?」

「カポーティは文体の作家だね。とてもいい作家だよ。だが、最近彼は記憶に残るようなものを書いていない。もちろん、ここのところ何年も『叶えられた祈り』を書いているのは知っているがね。どうなるか待つしかないよ」

「買いかぶられている作家はいないの」

「長い間、水準を維持するのは作家にとって大変だからね。アメリカには、文学批評家の方が、男にしろ、女にしろ、小説を書いて食っていける書き手よりも遥かに多いんだ。われわれは二十年も三十年もの間、何度となく隈なく調べられてきた。まがい物が入りこむ余地はないよ」


ケロは茶巾で茶碗を拭き終わると、茶釜の縁にかけて、それから茶碗を膝の前に置く。丁寧なしぐさで棗《なつめ》を開けると、盛り上がった茶の粉が発光する球体のように輝いて現れる。茶碗に茶の粉を細やかな手つきで誤りなく入れる。それから、縁に茶杓を五回打ちつけて、茶の粉を振り払う。

俺には、このような思想にはとてもじゃないが、慣れ親しめない。息づかい、軽い咳、静かな動きがつくる生きた時間、それが正統派ユダヤの女性と共有している部屋の中で起こっているのだ。それが、ニグロ男のリビドーにどんな効果を及ぼすに至るのか、読者も想像がつくだろう。

ケロは顔色一つ変えず、柄杓をお釜の中に差し入れる。湾曲している側を下にして柄杓の端を深く入り込ませては、よく慣れた手つきでゆっくり回す。それから静かに引き上げて茶碗の上にかざし、静かに傾けていき、湯を茶碗のなかに三分の一ほど流し込ませる。俺はケロの一つも無駄のない物腰を眺めてうっとりとする。

グロリア・メイラーはウディ・アレンの登場人物とは少しちがう。あの、裕福で知的でノイローゼ気味だが、美貌のユダヤ娘。セントラル・パークで見かける、グッチの服を着て、何一つ困らない生活を送りながら、午後はマンハッタンの精神分析医に通うような、あんなタイプではない。グロリア・メイラーはむしろカリフォルニア・タイプで、頭の中にトーラーを詰め込んで、スノッブやうさん臭い男たちがたむろしているテレビ局で働いているような娘だ。でなければ、おそろしくクールで、日焼けした肌を晒し、どんなものにも臆するところがない、メイド・イン・ロサンゼルスのオレンジと言ったところだ。いずれにしても、俺はグロリア・メイラーにはなにも感じない。

ケロは茶筅を使っている（端を摑むようになっていて、もう一方の端が曲がっていてフォークの歯を思わせる、竹製の鞭のようなものだ)。この道具は見た目は単純だが、幾度かの処理がなければ、このような形態と意味の完璧さに到達することはできない。俺も、きわめて単純ながら、同時に複合的でもあるオブジェになってみたいものだ。ミリアム・ローゼンバーグは注意深く儀式を追っている。四十分は続いたろう。茶を点てる、きわめてゆるやかで、用意周到で、しかも優雅な手順は、我々の物腰の隅々にまで東洋風のリズムを染み込ませ、部屋の中全体が、晴朗な禅のしっとりした雰囲気に浸される。

点前が終わると、ケロは風呂に皆を誘った。湯船は風呂場の端から端まで延びていて、三・五メートルの長さがある。端正な心遣い。日本の絵巻が掛かっていて、窓の傍らに花があつらえてある。おそろしく熱い。

ドアを控え目に叩く音がした。ミリアム・ローゼンバーグが入ってきた。俺はのけぞり返り、頭の先から邪な空想の黒い穴に堕ちていく。どんなニグロ男も、今日の今日に至るまでそんな不届きな夢想を描くことはなかったろう。端的に言おう。見たところミリアム・ローゼンバーグには、そこらの性的な動物を無我夢中にさせるようなところはなにもない。だが、まさにそれだからこそ、控え目なそぶりがあまりに官能的に見えてしまう。

二つの啓示があった。グロリア・メイラーは裸ではない方がいい。ミリアム・ローゼンバーグは少なくともうまく見透かせるときには遥かに美しい。ノーマン・メイラーに惹きつけるものはなにもない。要するにこういうことだ。ミリアムは形のいい脚をしているし（予想外ではある）、素晴らしい胸をしている（そこまでだとは思わなかった）。天地創造以来、われわれに隠されていたこと。ひとこと断っておくと、ミリアム・ローゼンバーグが、日本の風習にならってすっかり裸で風呂に入っていると一瞬たりとも思ってもらっては困る。事実を言えば、かなりゆったりした木綿のドレスをつけているのだ。この種のドレスは湯の中で漂う傾向がある（アルキメデスの傾向）。ドレスがこんなにもふわふわ漂うなら、湯の中の体はどんな束縛からもすっかり自由になっていると思わざるをえない。

定理――湯の中に沈んだ体は放電を受ける他ないが、その電流は湯の中に流れている欲望の総量に人種の数（ここでは三になる）を掛け合わせ、そこに居合わせた冷たい男根の数で割った量に一致する。俺はと言えば、電圧計の針が吹っ飛んでしまうくらい勃起している。

ミリアム・ローゼンバーグがこの定理の真実性の検証にどのようなやり方であろうと参加したと一瞬たりと匂わせるつもりはない。俺は孤独に自分を犠牲にして実験したのだ。

新たな定理――発情した体は通常の十倍の電流を放電する。その電気量は、回路の途中になんらかの抵抗を置くことによって増大させることができる。正統派ユダヤの女性の場合、男を死に至らしめるほどの強さになると予測される。

晴れ上がった空、穏やかな時間、風はない（広島の朝は、そんな天候だった）。だから、俺は爆弾を落とすこともできる。神よ。旧約聖書のことをすっかり忘れていたとは。はめを外した宴会、バッカスの宴、淫蕩、淫行に満ちた書。我を争って神殿の巫女を犯す予言者たち、尼僧を辱める僧侶、少年少女を喰らう王たち。神の民とは他のどんな民よりも肉欲の民なのだ。それをすっかり忘れていた。サラ、デボラ、ラシェル、ルツ、エステル、サロメ、アガール、ベトサベ、タマール、マリー、ミリアムは、ああしたことがやれるのだ。

こんなことを言ってはまずいのかもしれない。しかし、この啓示に打たれたままミリアムの方を見ると、そこに聖書のあの娘たちが重なって見えてしかたがなかった（俺がエロスを経験した最初の書だ）。信仰のない人には信じがたいことだろう。俺は、ホモ・エレクトゥス以来、二本脚の動物が夢見たどんな夢よりも豊穣で、熱気を帯び、刺激的で栄光に満ちたオーガスムを覚えた。

ハーレム・リヴァー・ドライヴ

早朝、バスキアの家の電話が鳴る。[20] 電話機は廊下の突き当たりにある。バスキアはのそのそと起き上がる。部屋は薄暗闇に沈んでいる。バスキアは裸体を晒している。白いシーツを体に巻いてから廊下に出て歩いていく。電話は十回ほど鳴るだけの時間があった。

「何時だい？」

「五時よ」

「ほんとか、畜生」

バスキアはキッチンに向かって歩を進める。朝食を調える。卵、ベーコン、グリーンピース。テーブルにコップを二つ並べる。それからオレンジジュースのピッチャー。ニューヨークの明け方の穏やかな静けさが彼を包みこんでいる。バスキアは窓からハーレム・リヴァー・ドライヴに沿って走る車を眺める。

バスキアの動作は緩慢なままだ。体に巻いた白いシーツには精液の黄色い固まりがべっとりついている。彼はシーツを古代ローマの寛衣のように身につけようとする。シーツの端に、目玉焼き用のフライパンの油が染みついている。

テーブルの用意が調った。裸の若い女（廊下の薄暗闇に溶け込んで気がつかなかった）がするりと抜けてバスルームに入り込む。すぐにトイレの水が流れる音が聞こえる。

食卓は窓の脇に置かれている（東側だ）。バスキアには、巨大な広告塔が見える（オー、カルカッタ！）。四分の三ほど肌が露わになっている女性の裸の広告塔だ。脇には、終末は近いと書かれた、エホバの証人のポスターが見える。

「いつもこんなに早く起きるの」

「毎日じゃない。仕事があるときだけだ」

「よく仕事があるの」

「月に、五、六回だよ」

「遊びみたいなものでしょ、あなたの仕事って」

「そんなにやさしいものじゃない」

「そんなにやさしいものじゃないって？　あなたそう言うの、バスキア」

「二十四時間、ぶっ続けだよ。月に百二十四時間になる。一日四時間働くのとだいたい同じになる」

娘は手をたたく。

「うまいこと言うわね」

彼女はまたバスルームに閉じこもる。すぐにまた水の流れる音がする。どうして若い娘がバスルームのドアを閉めると、いつでも水の音が聞こえるのだろうか。

バスキアはキッチンのテーブルに座ってカメラを磨いている。彼は丁寧にレンズと本体に布を当てている。ずっしりした本体だ。アルミニウム合金製で、メタルのシャッターがついている。ストロボ同調速度は九〇分の一秒だ。重量は丁度四六〇グラム。バスキアは作業に没頭している。彼の動きは乾いていて無駄がない。部屋に差し込む光は落ち着いている。

バスキアは窓から、終末を告げるエホバの証人のポスターを眺めやる。バスキアはニューヨークの終末を思い描く。炎の車輪が、マンハッタンのガラスのビルをかすめる。蝗《いなご》の雨。闇。まったく、ニューヨークの地下鉄のスト程始末にわるいものはない。

もっと耐えられないものもある。有名ではないことだ。ニューヨークでは、名前が知られていなかったら存在していないも同然だ。

若い女がバスルームからようやく出てきた。横顔と背中が少し見える。腰のあたりに黄色のバスタオルを巻きつけている。

「朝食を作ってくれるなんてうれしいわ」

「古典的朝食だよ」

「私、なんでも古典派が好きなのよ。でも、古典的朝食っていうのは初めて。古典的って、どういう意味なの」

「いまこの瞬間、ニューヨークで何百万の人が食べている朝食だよ。卵、ベーコン、オレンジジュース、トーストパン」

「チーズはあるの」

「冷蔵庫の中をさがせばある」

若い女は冷蔵庫に向かい、勝手にドアを開けて、チーズをとり出すと、戻って来て落ち着きはらって座った。

数分の間、二人は無言のまま食べている。

「今日はどうするんだい、シュザンヌ」

「ちょっと買い物するわ。昼過ぎにサンディと約束があるわ。あと、ヴァン・デル・ズィー[21]の写真展に行くつもり」

「君はああいう男としかつきあわないね」

「心配しなくていいわよ、バスキア。あなたには大変な才能がある。でもしょうがないでしょ。いくらなんでも年寄りじゃないんだから、アパートに一人きりで住むわけにいかないわ。あなたの唯一の友達が自分の才能だなんて」

「じゃ、僕はなんなのだい」

「シティーに生きる若い男ね。とんでもない才能があって、それを無駄にしない男よ」

「ほんとにそう思っているのかい」

「さっき電話で話しているのを聴いたわよ」

「で？」

「最近、結構、忙しいでしょ」

「僕の仕事だからね、あれは。『エボニー』(22)を説得してあの契約を回してもらうんだ」

「あの女たちは誰よ」

「マネキンだよ。彼女たちと仕事しているんだ。『エボニー』のためにね」

「エキゾチックなモデルでなければいけないの」

「エキゾチックって、なにが」

「プエルト・リコの女たちでしょ」

「つまらないこと言っちゃ駄目だよ。全ては客の問題なんだ。『エボニー』には、黒人か混血がいいんだ」

「あなたの言うことを信じてあげるわよ。でも、あなたが黒人のマネキンを使いたがるのは間違いないわ」

「仕方がないんだ。弱肉強食の世界だからね。自分の縄張りをはっきりさせないと、運に見放されるんだ」

「そんなことはないわよ。あなたの才能があれば、そんなものは乗り越えられるわよ」

「まあ、その通りだ。でもね、他の人たちはね、僕の客のことだけど、そのことがまだ分かっていないんだ。黒人の写真家は黒人のマネキンとデビューしなくてはならないんだ。それはどうにもならないよ」

「まさにそこをなんとかするのよ」

「あのね、シュザンヌ、そんな単純じゃないんだよ。だからね、そんなお手軽なことは言わないでくれ。僕にはまず『エボニー』が必要なんだ。『ヴォーグ』(23)は、その次だよ」

「早くしてね」

「心配しなくていいよ。黙っていてもそうなるから」

二人は無言のまま食事を終えた。テーブルクロスの上のパン屑。日が(まるでプロジェクターのような日の光だ)エホバの証人のポスターを照らし出している。

「あなた、私の展覧会に来たことないわね」

「シュザンヌ、君がなにかやる時は、決まって僕がニューヨークにいない時なんだよ」

「二十日はニューヨークにいるの？」

「二十日の午後だね。今度は約束するよ」

「あら、行かなくちゃ」

彼女がキスをする。彼は上の空でキスを受ける。

バスキアは暗室に閉じこもる。シュザンヌはドアを開け放したまま、出ていった。階段で若い娘たちとすれ違う。ソフィアはグリーンの大きなバッグを引きずっている。ソフィアとウナが中に入ると、そのまま大きな部屋に向かう。殺風景な部屋にプロジェクターが二台と写真機が一台、部屋の隅にある台に置かれている。床は明るい色だ。ウナはそこでヨガを始める。体がわずかに汗ばんでいる。

それから二人の娘はバスキアを待つ。電話が十回ほど鳴ってからようやく受話器を取り上げる。あらかじめそう決められているのだ。

シスコが見える窓

目が覚めた時に老子道徳経を読むのが好きだ。静かに浮かぶようにして何時間でも過ごせる。床に落ちる陽光が次第に広がっていくのを横目で見る。
爆弾は子供時代の夢だ。俺は幸福な子供時代を過ごした。しかし、あのことを考えるのをやめたことは一度もない。死のことだ。次の瞬間にはなにもなくなる。朝があっても、夕べはけっして訪れない。

電話をかけてきてきた娘の名前はメロディと言う。メロディはクッションの上に座って、真正面にいる。故に、メロディがフレッシュで、生き生きとしていて、賢いのだとすれば、それは彼女がフレッシュで生き生きとしていて、賢いからなのだ。外見が俺を騙したことなど一度もない。

メロディが立ち上がって窓に寄り添った。どうして彼女があのように、黒と白の服装をしているのかと言えば、それは、白に黒が重なれば白黒になるからである。はじめは明るい気分にはなれないかもしれない。だが、いつでも抱きしめたくなるくらいエレガントなのだ。俺は好きだ。ジャージーのペチコートに木綿のサテンのTシャツ。メロディはおそろしく刺激的だ。肌が小麦色している。ボブ・マーリー[24]のディスク（ザイオン・トレイン）をかけてから近寄ってきた。

「で、あなたは？」

「俺のことかい？」

「どんなお仕事しているの」

「なんにもしていないよ」

「なんにもって、なにを」

「特にこれといったものはないということさ」

「たとえば、どういうこと」

「待っているんだ」

「なにを待っているよ」

「俺は待っている。それが何か、前もって分かりはしないよ」

こんな目覚めだったら、それ以上のものは望めない。メロディは窓際に立った。爪先立っている。前の歩道を見ようとしているのだろうと想像する。ベッドから見えるものがある。背中から見たメロディは、旅立ちに値する。

窓枠で、ルノワールの画布のまばゆい光の只中に出現するメロディ。

「なんだか変な気持ちよ」

「なにが変な気持ちにさせるんだい」

「私、黒人と同じ部屋の中にいるなんて初めてなのよ」

彼女は窓際を離れず、振り向きもしないで話している。

「誤解しないでね」

「誤解なんかしないよ」

「事実を確かめているだけなの」

「別に困りはしないだろう」

「なんだか変よ。こんなの嫌よ」

「そうかな」

「これがとっても気に入っている私が嫌なの」

しばらくすると、ぶしつけに言った。

「私、セ、ッ、ク、ス、し、た、い、」

彼女は「私はあなたとセックスをしたい」と言ったわけではなく、「私は、セックスしたい」とだけ言ったのである。セックスをする、メイキング・ラヴ。サンフランシスコ訛りにしたら、どんな風に言うのだろうか。

メロディはちょうど十二歩あるいて俺のベッドまで来た。服を着たままベッドに登ってくる。グリーンの靴を履いたままだ。スラリとして、固く、熱い体。小麦色の衝撃。彼女が出て行ったとき、「ノー・ウーマン、ノー・クライ」と歌っていた。

地球上では私を追いかける者たちがいる

爆弾を発見したのはセックスと同時だった。すぐに、どちらも死を発生させることを理解した。爆弾は集団的、民主的、平等な死である。セックスは個別的、エリート的、貴族的な死である。爆弾は一瞬の死であり、セックスは緩慢な死である。オーガスムは同じように短い。ボルヘスに言わせれば、時とは約束事なのである。

俺がセックス（ないしは欲望）を発見したのは七歳のときだったが、リタ・ヘイワースの顔をしていた。なんと死は美しいことか。以来、想念から離れたことがない。それが時限爆弾だと理解するのには二十五年（そしてリタの死）が必要だった。この呪わしい地球上のどこに隠れようが、いつであろうが、爆弾への畏怖が（ちょうど尻に火がついたように）消え去ることはない。このいまいましい爆弾を待つにあたってはセックス以外のものはないのだ。幸いにして、我々は地球上のそこかしこに五十億よりも少し多い数となって散らばっている。だから、いつでもいいんだ、君が好きなときにおいで。

中国猫のあいまいな笑い

俺は地下鉄に乗って人の顔を眺める習慣がある。あまり人に勧められることではない。人というものは、おかしなほど、鳥や亀、梟に似ている。だが、鷹に似ている人に出会った試しはない。いやいや、一回だけあるな。一秒か二秒の間、見えただけだった。彼は、俺が出て行く車両に乗り込んできた。鷹だった。ほんものとしか言いようがない。嘴と爪をもっていた。目は丸く、あたりを見渡す目つき。俺には、自分がそっくりな人間になりたいと思うような同時代人はほとんどいない。あの男はそうだった。あたりを睥睨する、高慢なまなざし。高みに生きているのだ。とても高いところに。そして時々、人々のもとに滑空して降りてくる。人々の肉を糧にするためだ。群衆の中で食事をついばみにくるのだ。それ以上でも以下でもない。それから再び、落日を浴びて、孤独な高所に昇っていく。

ベリ・ド・モンティニーの駅。中に入っていく。見る。行き先を探す。迷いようがない。アトウォーター方面だ。一階下に降りる。そんなに待たされないで、電車がヒューと金属音を立てて到着する。ドアが開く。乗り込む。ドアが閉まる。俺は別の世界に入っている。周囲の人たちを見回す。読者諸氏はいままでに人間の顔を見たことがあるだろうか。皮膚。皮膚のぶつぶつ。皮膚の下の骨。毛（睫毛、口髭、顎髭）。穴（両眼、鼻、口）。歯。唇。顎。人間というのは面白い造りをしているものだ。その全体がぱっとしなかったり、息づいていたり、あるいは、息を呑むようだったり、萎びていたり、あるいは、つるつるしていたり、ぶつぶつしていたり、あるいはさわやかだったり、汗にまみれたりしているのだ。隅の座席に陣取って観察する。いつでも手帖を持ち歩いている。何気ない身振りや、会話の切れ端(俺は一度に三つか四つの会話を追う能力がある)、内的独白に沈み込んだ顔をノートする。俺は文字を書きつけるのだ。影をつけた、素早い素描だ。フラッシュに近い点描。電車が動き出す。車両の腹腔の中に我々を呑み込んでいる。四十五秒間の、次の駅で降りる人のための短い旅。四十五秒というのは、そうしたものすべてを破裂させるにたっぷり余裕ある時間なのだ。

サン・ローランの駅。乗り込む人はごくごく僅かだ。降りる人が数名。下町。市場。魚屋、肉屋、食料品店。太陽の駅。移民であふれ返っている。ありとあらゆる訛りが聞ける。マルチチュードの国で稲妻のように短い旅を味わう。

プラス・デ・ザールの駅。なぜこうしてノートをとるのかと言えば、終末が見えるから。俺は見返りを求めない奉仕者なのだ。一種の公証人と言おうか。存在と事物の一覧表を作成する役目を担っている。やつらによって地球が吹っ飛ばされたときに抗議できるように。そんな場合に備えて、あらゆることを記述しておかなくてはならない。すべてがかけがえがないのだ。憎悪も愛と同じくらいかけがえがない。善は悪と同値である。すべてが私たちのものなのだから。この抗議を誰に向ければよいと、読者諸氏はお考えだろう。

マギルの駅。彼女は、マギル大学のカラーで染めたTシャツを着ている。背丈があって、吊り眼で、視線は内側を向いている。この種の娘はローという名がふさわしい。ローが電車の中に入りこんできて、俺のちょうど正面に空いた席を見つけた。おあつらえ向きである。なぜアジア人にそんなに興味があるのかと言われれば、アジアは遠いからとでも言うしかない。ローは行儀よく座り、顔は中国の方を向いている。できることなら毛沢東になりたいものだ。彼女は俺の方を睨んだ。「四人組」のスタイルだ。俺は目をそらした。

ピールの駅。まだ言わなかったが、車内の客層が一変している。ディオールの香りが漂う。四十五歳の婦人たちがデパートの香水売り場に押しかけているのだ。ローは同じ場所になおも座っている。アジアは安定した大陸である。まあ、かつては安定していた。

ギー・コンコルディアの駅。ローが身動きした。世界が振動する。彼女の身振りを一つも見逃すまいとする。身振りは武勲詩。地上の古い貴族の家の一つとつながっている。彼女が本を取り出す。俺は身を軽く傾けて本のタイトルを読み取る。マンディアルグ[25]の本か。マンディアルグの『オートバイ』。地下鉄の中のエロス。

アトウォーター。彼女が降りる。俺も降りる。人類にとって決定的な瞬間だ。触れ合う。我々は群衆にさらわれる。引き裂かれる瞬間。姿が消え去る寸前に、彼女が振り返り、俺に向かって曖昧な微笑みを投げかける。事物の反対側から届く微笑。世界の終末の微笑。モナ・リザの微笑のような微笑。あの、近代と爆弾を予告する微笑。モナ・リザをよく見るがいい。「ヒロシマ」の衝撃を感じさせないではおかない。すべてが百二十五秒間のことだった（ローが地下鉄に乗ってきてから、あの微笑まで）。すべてが消滅することだろう。

終わりなき北京

シャプサル[26]――あなたは、すべてが一種の破裂の中で終わるだろうと見ているそうですね。

セリーヌ[27]――そんな必要はないよ。中国人が前に進んでいるじゃないか。ズボン吊りに武器を挟んで。彼らは不死の怪物をもっている。出生率だよ。

白人種は消えていくしかない。黄色人種の世界では、誰もが消えていくだろう。人類学的な意味で。そうなるしかない。人種のサンザシは黄色人種なのだ。そんなことはなにもかも付帯的な蛍光だよ。しかし、根底的には黄色なのだ。白は色ではないからね。ファンデーションのようなものだ。本当の色は黄色だよ……黄色人は地球の王者になれる素質をことごとくもっている。

(マドレーヌ・シャプサルによる、作家セリーヌへのインタヴュー。『セリーヌとの対話』フィギュール叢書、グラッセ社)

薄明のベルリン

ベルリンのホテルで若いドイツ人女性が眠っている。脇にニグロがいて、女を見つめている。小雨に濡れたホーヘンツォレルンダムを走る車の湿った音が聞こえてくる。どんよりとした空。

鼻。半透明の鼻翼を見せる長い鼻。かすかな呼吸音。極細の血管。

口。意識を消滅させかねないほど固く閉じられた口。眠っていても秘密を守ろうとしているのだ。心痛。絶望。困窮。誰か外国人がいる前では何を言うにしろ唾を呑み込んでからだ。ドイツの言葉。意味がずっしりした言葉。ドラマ。

ゲルマン系の顎。特に記すことはない。いや、あるかな。英国と平行関係にある。イギリス人は鼻を上げて優越感を示す。貴族《ロード》なのだ。ドイツ人は顎を上げる。軍人なのだ。軍人はなにかにつけ顎を使うものだ。

ワルキューレの喉元。深い吐息。ワーグナーを支えるだけのことはある。白い喉元。吸血鬼の夢。

水泳選手の胸をしている。毎朝、ホテルのプールを二十回往復する。一度だけつきあった。心臓が止まりそうになった。ロボットーメトロノームの彼女は止めなかった。誰と闘っているのだろう。自分の影と。神と。あるいは、我々の哀れな人間的限界と。この譲ることを知らない努力の中に俺が知らないものがあるとして、それは何だろうか。

柔らかな下腹。耐えるときはそこを使うのだ。激痛が走る時の彼女。剃刀の刃のごときもの。なめらかな白い下腹を見せている。ブロンドの産毛が僅かに生えている。言うまでもなく、固く結ばれた唇からはどんな呻きも洩れてこない。額だけが汗ばんでいる。細かい水滴。

叫ばないこと。

何も食べないこと。

こだわらないこと。

すべてに等距離を保つこと。


俺は窓のそばに立つ。ドイツ神話の「若い処女」を眺めていることへの感慨がある。すぐそこに横たわっているのだ。

贅を尽くした時間。この、係累のない、抽象的で自立的な若いヨーロッパ女性は、俺の頭の中をすぎるものが見抜けるだろうか。

声をあげずに彼女はどこまで行けるのだろうか。美しく、奇怪なもの、この晴朗な、金髪の、眠り込んだ顔。

匂い——死。

雨の指をしたローマ

モラヴィアの手は、人の首を絞める男の手だ。我々は小さなカフェのテラスに座っている。モラヴィアが三十年来通っているカフェだ。ローマに雨が降っている。微細な斜線を引く、淡い雨。

「セックスと死についてお話しできると思って参りました」

「この五十年間、誰もがわしとはその話をしなくてはならないと思い込んでいるがね」

「おっしゃる通りです。あなたの作品の全体が、このテーマを中心に回っていますから」

「どうして、わしなのかな。みんな、それぱかりだ。ヘンリー・ミラーがなんの話をしていると、君は思っているのかい。フェリーニは、どうなんだ。アントニオーニだってそうだろう。カヴァフィス。ゴンブローヴィッチ。あの臆病なパゾリーニだってそうだ」

「パゾリーニが、臆病ですか」

「人も怖がらせるがね」

モラヴィアは、寛いだ様子をしている。雨の水滴が我々のテーブルにまで落ちてくる。色とりどりの傘を差したカップルが通りすぎる。ローマならではの美しい一日。

「独特の話し方をされますからね」

「どういう独特の話し方だと言うんだね。誰だって独特の話し方をするさ。だが、死とセックスは変わることがない。独創性を試みる者はいる。だが、あまり褒めたことにはならないよ。お分かりだろうが」

「褒め言葉を進呈しましょうか」

モラヴィアは嗄れた大きな笑い声を立てた。その笑いで給仕がテーブルに寄ってきた。モラヴィアが二人分の注文をする。彼は受け取ることに慣れているのだ。ローマとは彼自身に他ならない。人は誰でも自分の巣窟をもっている。ニューヨークにはノーマン・メイラーがいる。モントリオールにはガストン・ミロン。パリにはフィリップ・ソレルス。ベルリンにはギュンター・グラス。ローマにはモラヴィアがいるのだ。

「何を言いたいのかと言えば、誰もがタブーにしているのに、あなたはおおっぴらに語るということです」

「それは知識人の話ばかりを聞いているからだな。街を歩いてごらんなさい。その話ばかりさ。性交と死」

「そうかもしれませんが、爆弾の話はしていません」

「それはその通りだ」。モラヴィアは深刻な顔を見せる。

「爆弾はあなたの強迫観念の一つですね」

「ここ二十年来、それしかわしの頭の中にはないよ」

「爆弾はもっと前から存在していますが」

「その通りだが、わしがそれを理解するのに二十年かかったということさ」

「ということは、あなたにとって、死は平凡なことではないということでしょうか」

「日常的だが、平凡ではない。セックスはどうかと言えば、そうだね、セックスは死よりもはるかに遠くまで行くよ」

「オーガスムはどうですか」

「わしにとってはたいしたことではない。わしの関心は見ることだよ」

「覗き見趣味ですか」

「自分の廷臣が王妃を見ているのを見ている王の話を知っていると思うがね」

「どうして見ることの方がいいのですか」

「セックスは頭脳だよ」

「ということは……」

「ニューロン爆弾さ」

モラヴィアの手は、人の首を絞める手だ。ローマに雨が降る。微細な斜線を引く、淡い雨。

鍵穴から覗く聖ヨハネ

プエルト・リコの空港のトイレでのことだ（客がまばらな時間帯だった）。乗継の飛行機を待っていたのだが、もう三十分も遅れていた。トイレで待つことにした。婦人用のトイレ。入り口を間違えてしまったのだ。誰も信じてくれそうもないようだ。それなら、好きなように考えてもらっていい。十五分ほど便器に座って瞑想していると、若い娘が二人一緒に入ってきた。

一人は背が高く（一メートル九〇センチ）て、面長、頬がやせこけて、頬骨が突き出て、目が大きく、ボリュームのある黒い髪（アメリカインディアンタイプ）をしている。〈黒髪〉としておこう。

もう一人は背が低く（そうでもないか）、少しふくよかで、お尻が丸く、ピンク色の唇をしている。〈柔肌〉としておこう。

「いったいどうしたのかしら。今晩は、私に声をかける女の子がとても多いの」と〈柔肌〉。

「うれしいんでしょ」と、〈黒髪〉が優しく言う。

「まさか。女に興味はないわ」とけたたましく笑う〈柔肌〉。

「そうは見えないわ」

「私、レスビアンに見えるかしら」

「どうかしらね」と〈黒髪〉。

〈柔肌〉は、革に細工したメイド・イン・メキシコの小さなバッグから口紅を取り出す。

二人は店員の制服を着ている。空港の小さな土産物店で働いているのだ。

「あなた、美人らしく化粧するのが好きね」と〈黒髪〉。

「そういう気分になる時はね」

「あなたらしくていいわよ」

「ありがとう」

「ここにピンクのファンデーションを塗るといいわよ」

「別に丁寧にお化粧するわけではないの。さっとやるだけよ」

「私にやらせてみて」と〈黒髪〉。

〈柔肌〉は、不意に笑いの発作にとらわれる。

「動かないで。うまくできないじゃない」

「わかったわよ」

〈柔肌〉は、少し真剣な顔になる。

〈黒髪〉は手つきがいい。もっている鉛筆がメスに見える。

「こんなにきれいにお化粧してもらったのは初めてだわ」と〈柔肌〉。

「お安い御用よ。私の本職だもの」

「あら、そうなの」

「私、近くのお店で働いているのよ」

「ともかく、お化粧してもらってよかったわ」

〈柔肌〉が蛇口を開けて、手を洗おうとする。〈黒髪〉は強く黒髪にブラシを入れる。

「ほんとにいい髪をしているわね」

〈黒髪〉が〈柔肌〉に近づく。目が黒い闇に充たされている。

「きれいな肌をしているわね」と一息で言う。

〈黒髪〉は〈柔肌〉の髪を優しく上げて襟首が見えるようにする。

「ムムム」

〈黒髪〉が〈柔肌〉に覆い被さるようにして、襟首に口をつけて少しずつずらしながら吸っている。〈柔肌〉は動かなくなった。〈黒髪〉がうなじを撫でる。〈柔肌〉は先程から息を詰めている。〈黒髪〉は静かにブラウスのボタンを外し、肉食動物を思わせる唇で首元から小さな乳房に降りていく。ブラジャーの布の上からどこまでも吸い上げる。〈柔肌〉がうめき声を上げる。〈黒髪〉は再び〈柔肌〉の左耳まで上っていく。激しいキス。〈柔肌〉の乳房を愛撫しながら骨ばった体を押しつける。舌を唇の外に出ないようにしながら、体の隅々を愛撫する。〈柔肌〉も体を押しつけてくる。〈黒髪〉が開いたドアの方に彼女を押していく。姿が見えなくなる。だが、音は聞こえてくる。

「女に撫でられるのは初めてよ」

〈柔肌〉の返事は聞こえるか聞こえないかだ。

「足を開いて」

笞を打ちつけるような命令。スカートを横から引きずり上げているにちがいない。ドアの下から左右に開いたハイヒールが覗ける。

「胸をもっと撫でてちょうだい」と〈柔肌〉。

「今度は私を喜ばせて」

そう言ったのは〈黒髪〉である。

「どうしてほしいの」と〈柔肌〉が尋ねる。

「私をいかせるのよ」

いかせるのに慣れている〈黒髪〉が、今度は受け身になる。

「いきそう」

「いっていいのよ」と〈柔肌〉が落ち着いて言う。

すべての音が洩れなく聞こえてくる。どんな小さな動きの音も。思わせぶりな愛撫。〈黒髪〉が戦く。愛撫を受けた欲望がきしんだ音を立てる。不意に人が入ってきた。叫びが宙に浮く。死んだ時間。なにも聞こえなくなった。緊張が解けるまでには時間がかかる。強い息の音。〈柔肌〉が最初に出て行く。

俺は手帖に書きつける――。「爆弾を探すことだ」。

爆弾が落ちる

ベヨン――悪によって生じる一種の法悦が存在するとは思いませんか。オッペンハイマーは、ロス・アラモスで爆弾の最初のテストをしました。彼は、それが終末の始まりなのだと分かっていました。しかし、それでも彼は先に進んだのです。しかし、後になって彼は気が狂いました。彼はあまりの恐怖に……

セルビー(29)――彼は熱核反応の爆弾を完成させるのを拒否しました。これは、常軌を逸するところがあります。爆弾を爆発させるまでは、なにが起こるか彼らには見当がつかなかったのです。科学的には、爆発は連鎖反応を起こしすべてを破壊する可能性がありました。それで、彼らは「我々は危険を冒すことになります」と言ったのです。それを行なう権利があると信じ、人間が、宇宙全体への責任をわすれて、よく分かっていないものを弄びはじめると、ろくなことがありません。それにしても信じがたいことだと思いませんか。「我々は危険を冒すことになります」なんて……(彼は腹をよじって笑った)。

(アメリカの作家ヒューバート・セルビーのインタヴュー。ロサンゼルスの小さな部屋で行なわれた。ベヨン、『ブルックリンのセルビー』、クリスチャン・ブルゴワ出版)

税関吏ルソー風の風景にナイポール[30]が手を入れる

1. シュペット・ソープードルはいつものチキン・バスケットだ。ケチャップと塩と酢をかけたアスパラガスが添えてある。マリー＝フロールはまだメニューとにらめっこをしている。七番の給仕はじりじりしている。ついに、キッチンカウンターで待っている客の注文を取りに行った。

マリー＝エルナとミカエルはトイレに行く。マリー＝フロールは七番を途中で呼び止め、魚料理とサラダをもって来させる。パスカリーヌはオン・ザ・ロックのラムを飲み干してから、ストロベリーのアイスクリームを注文する。日の光がナショナル・バーに広く差し込んでいる。窓ガラスが焼けるようだ。更に娘たちが入ってきて、まっすぐ奥の方に入っていく。

2. 古びたビュイック57が肉屋オソ・ブランコの前で尻を突き出している。ナショナル・バーのパーキングに入ろうと並んでいるのだ。ナイポールが出てきてライター用の石を買おうとフード・ストアに駆けて行く。レジのニキビだらけの赤鼻の男がリトル・ヨーロッパまで行った方がいいと忠告する。ナイポールは道路を突っ切り、日の光にぎらついているビュイックを一瞥してからナショナル・バーのガラス製のドアを押し開ける。同じときに、九番の給仕が二つのブラインドを下げて、店に入る陽光と陰を調節している。

3.　みんなが日の当たるテーブルに席を換える。マリー＝エルナとミカエルが耳にハイビスカスの花を差してトイレから出てくる。二人は髪をカンゾウのエキスでテカテカさせ、真ん中で分けたボーイッシュな髪形にしている。マリー＝フロールはオレンジジュースを一息で飲み干し、黄色いプラスチックの楊枝を使って、グラスの底の桜桃を取り出そうとしている。マリー＝エルナはポマードの壜の使用法をぼんやりと読んでからバッグの中にしまい込む。「髪の艶を増し、若く保つためには、牛の骨髄を手にとって伸ばし、毛根に軽いマッサージを与え、また毛の先端に塗り込むようにする」。ミカエルが激しく髪を揺すると、しずくが飛び散った。

4.　ナイポールはビュイックがたやすく見て取れるような席に座る。古いビュイックの黒い塊がやたらに大きく見える。灼けるアスファルトの上に墨が垂れているようだ。ナイポールはメニューを事細かに検討してから、ようやくのことで注文を決める。

5.　マリー＝フロールはマリー＝エルナと席を交換して、ナイポールの近くに寄る。ミカエルはパスカリーヌの席に来て、マリー＝エルナの隣になる。マリー＝フロールがバッグの底をかき回してタバコを取り出すとナイポールが火を差し出す。シュペットは自分の時計を見ながら椅子の上で腹を捩っている。七番の給仕が空になった壜を片づけ、テーブルを拭き、灰皿を交換する。娘たちが急に立ち上がった。マリー＝フロールがレジで勘定を支払っている。シュペットが七番の給仕にチップを握らせている。

6.　古びたビュイックは乗り込んだ娘たちの匂いに息を荒くしている。シュペットがラジオをつける。ナイポールはファイアストンの角で曲り、ラヴェ通りを下っていく。アスファルトから湯気が立っている。ナイポールは角で車を停めてアルカセルツァーを買う。マリー＝エルナは、後の黄色いスバルに乗っている二人の男に笑ってみせる。ミカエルはドアの窓から首を出して正午の熱い風を吸い込む。

ビュイックが午後の中を突っ切っていく。つやつやした肌の男の子が小さな妹に水を浴びせている。大きな汗の滴がパスカリーヌの背筋を伝って光っている。

ビュイックがシェルのガソリンスタンドに来るとひとりでに停まる。娘たちは傍らのバーに駆け込んだ。ナイポールはビュイックの熱した赤いボンネットにバケツの水をかけ、タイヤにも時間をかけて水を撒く。娘たちが泡立つドリンクを手にして戻ってくる。パスカリーヌはガソリンスタンドの貯水槽に頭を突っ込む。給油係がナイポールに向かって片目を瞑ってみせ、「いいご身分じゃないか」と言う。日陰でも華氏九〇度はある。

7. ビュイックがノヴァ・スコシア銀行の角を曲り、アンソン・ミュージック・センターの正面で停まる。すぐに娘たちはドアの音を立てて、車から一斉に出てくる。ドアから飛び出てきたパスカリーヌの細い体が、ハンケチくらいの大きさのワンピースの中で波うっている。彼女は黒いハイヒールを穿いて焼けるような車道を横切る。マリー＝フロールがトランクを押すようにしながら少し振り向いて、露骨なウィンクを送る。金魚の水槽の上のポスター。ケチャップが滴る巨大なハンバーガーを頬張っている剝き出しの尻が描かれている。音楽グループ、ヴォロヴォロの最新ディスクから夏のヒット曲が大音量で流れ出ている。針が埃の粒の上を滑っていく。スーパーアフロヘアのいかれた娘がジーンズで固めた形のよいお尻を揺らす。汗まみれの体がクーラーで生き返る。水辺の暗く甘い漂い。パスカリーヌがタバコに火をつけ、体を楽にする。シツレイ、オジョウサン。スカシャーの音楽に乗ってTシャツの男が奥の方で勢いよく踊りだす。マリー＝フロールが真珠色の櫛をバッグにしまい込む。

ボサ・コンボのディスクに乗って二人の娘が出たり入ったりする。マリー＝エルナが脂質の髪用のVO5の小瓶をバッグに巧みに入れる。シュペットが他のディスクをかけてほしいと言う。娘たちはタブーの音楽を続けて聴きたいと大声で言う。パスカリーヌがゲーリー・フレンチの古いディスクをかけると、娘たちは皆どこかに行ってしまう。

8. 静寂。ナイポールが一人ビュイックの中で窓ガラスを上げる。小型トラックが堆肥を載せた鈍い音を立てて通過する。埃っぽい光景が金属的な色調に包まれている。ナイポールが手帖を取り出し、ルポルタージュ用に走り書きをする。雑誌『ローリングストーン』にホットページを連載している。ポルトープランスについて一筆。ナイポールは汗まみれだ。この街はひどすぎると思い始める。腕に時計を十個ほど巻いた男が拳を挙げてナイポールになにか言っている。女の節くれだった腕が、新調のセーラー服を着た男の子を引っ張っている。中央郵便局が左手にある。分厚い唇と象牙色の歯に挟まれたコカコーラの瓶の口から、バラ色の液体がこぼれ落ちている。小さな女の子が窓ガラスに顔をくっつけてきた。へそを出した熱い腰が通りすぎていく。深海魚の赤い喉が餌を求めている。イヤリングの上に重ねられたウォークマンを抑える手が間近に迫る。車内では、ナイポールが汗に耐えられなくなっている。埃の粒が窓ガラスを滑っていく、滑らかなエンジン音と混ざり、赤く滴り、エクトプラズムの乱舞となって目を刺激する。

9. 赤信号。パヴェ通りとデセザール通りの間のひしゃげた家が並んでいる道に、車が十字路から四列に数珠つなぎになって停まっている。エンジンが唸り声を立て、マフラーがシュルシュルと鳴っている。アメリカ車ビュイック、クライスラー。フランス車プジョー、シトロエン。日本車トヨタ、ダットサン。

青信号。エンジン音が鳴り出す。発進にギアが軋む音。店の並び、人混み、どぎつい色のポスターの前を通り抜けるにしたがって、車は次第にまばらになる。

まもなく、へこむかペンキを塗り直された車の群れが、ポルトープランスの中に溶け込んでいくだろう。この都市は、十五の丘(サンマルタン、サンフィル、ベレール、カナペ・ヴェール、ブルドン、フォールナショナル、サンジャラール、テュルジョ、パコ、モルナテュフ、ポスト・マルシャン、ナゾン、ボアヴェルナ、ボロス、ネリオ)が重なり合い、天国への道を駆け回るタクシーが蟻のように群がっている。

古びたビュイックが「鉄の市場《マルシェ・アン・フェール》」(31)の前に来て速度を緩めると、古い飛行場跡の角を曲がり、デルマにある空調の効いたモーテルに向かって突き進む。

10. パスカリーヌの締めつけられた体が爪先立ちして、金属的な固さを含む荒い光を遮っている。背中が曲り、股のところで折れている。きゃしゃな太腿がくっきりと浮かんで見える。

マリー＝エルナは長椅子で写真付小説のページを繰っている。彼女はコンクリートの床を裸足で歩き、窓ガラスに頬をつける。部屋には窓から光が差しこんでいる。太陽光線が部屋を二つの湿った陰の部分に分割している。

ミカエルは、大きな楕円形の鏡の前でパスカリーヌのしなやかな髪にブラシを入れてやる。シュペットは中国人の店に行って、ケースに詰めたライス付チキンとコカコーラの瓶を抱えて戻ってくる。

11. ミカエルがパスカリーヌの首を撫でまわし、首に軽くキスをしている。それからオーデコロンを背中にすりこんでいる。肌にさわやかな風。ニベアのクリーム（そばかすのある乾燥性の肌用）とマルビジンの乳液で顔のマッサージをする。パスカリーヌは使用済のカミソリを見つけ、丸椅子に座り、鏡台の上にそっと足を乗せる。背を屈める。カミソリがゆっくり上っていき両股の中に入っていく。パスカリーヌは脚をすっかり剃ってしまう。六〇度のアルコールで剃った跡を拭く。少し身を起こして鏡台にもう一方の足を乗せる。

ミカエルは、明るい色の板の上に伸ばされたふっくらした脚を暫し撫でる。カミソリの刃が金属質の音をたてる。

12. パスカリーヌが血をべっとりつけて身をよじっている。毛穴が開いた肌が冷たい汗で濡れている。喉元はサキソフォーンのようにふくれている。放射状に広がった血管。血走った目元。裂かれた傷。

マリー＝エルナはパスカリーヌを古いニコンの写真機であらゆる角度から撮影している。

13. ナイポールは見ている。曇りガラスの破片のような油虫の黒い背。細長い触角が絶え間なく動いている。ナイポールの足が踏みつける。白い吐瀉物が広がる。

14. 日の光が部屋からすっかり退散していった。鈍い騒音が通りから昇ってくる。軽やかな風がライス付チキンの臭いをかき消す。

シュペットがコカコーラが染みついたクリネックスで口元を拭いながら、身軽に部屋の中を歩いて、タバコに火をつけ、ゆっくりと燻らす。すっかり闇に包まれた部屋（窓を閉めたのだ）が、ふしだらな子どもの夢の中に入ったように揺れている。蠅の潰れた塊が蠅取りの上にひしゃげた丸いアラビア帽のように垂れている。タバコの火がシュペットの鼻先でマグネシウム片のように軽い音をたてて点滅する。

15. 聖なる夜が街を包む。麻薬にふらふらになった太陽が湾の中でよろめいている。ビュイックが下腹をつけるようにして黄土色の小さな丘を登っていく。スコルピオの音楽（この夏最後のヒット曲）をボリューム一杯に鳴らしている。後部座席で女たちが笑いながら香水をつけたり、白粉をぬったりしている。後ろを振り向いたナイポールが目にブラシの一撃をくらう。女たちはなおも笑っている。ビュイック（細長い黒塊）が滑っていく。目的地は定まっていない。クールに終末に向かって走っている。

世の終末は始末の悪い一瞬である

一九四五年八月六日午前八時十五分、原子爆弾が広島の中心部の上空、五一〇メートルの高度で爆発する。この爆弾は、リトル・ボーイと名がつけられ、全長三メートル、重量四トンである。爆心地から五〇〇メートル以内の生物はすべて一瞬の内に死亡した。中心から二千メートル以内にいた人々の六〇パーセントが亡くなった。私は、広島について何も言うことはないと言わしめるような謙虚な態度を取りたいとは思わない。なぜ広島を訪れる気になったのかと自問を試みると、私には、私の精神の隠れた、暗い面、私の芸術家としてのエゴイズムに負うところがあると思える。私が犠牲者の苦痛と交感できるとしても、だからと言って、そこからどんなことが得られるだろうか。私に見えるのは、この原子爆弾の犠牲者と普通の人々との間の深い溝である。この写真集が溝を埋めるには不十分であることを認めなくてはならない。この点について私にまだなにかやるべきことが残っているとしたら、それは私の芸術家としての視点を恥じることだろう。

土田ヒロミ
日本の写真家

エロシマ

型にはまった観念《クリシェ》にしか興味がない。日本についての最初の固定観念と言えばエロティシズムである。十二歳の時に、日本の女性に恋して虜になった。北斎の浮世絵だった（と思う）。目が水平線状に伸びた、細長い娘。後になって、もっと激しい負荷のかかった他の浮世絵を見た。ねじれ曲がった体の数々。おかしなことに俺はそれを見て笑った。男は突飛な身振りのまま（首が勢いよく後ろにねじ曲がっている）固い表情を崩さない。ペニスは長く、硬く、いかにも戦士らしい様相を呈している。女は難しい姿勢を見せている。ヴァギナが大きく開いていて、脚が乱暴に開かれ、マドンナの顔つきをしている（気もそぞろな様子）。

少女の頭巾
目に深くかぶり
いとおしさもひとしお
　蕪村

みどり子の頭巾眉深きいとをしみ

それとは対照的に、至高のエレガンスは俺にとっては日本である。女性の衣装。特に、肌の肌理。それからもちろん、足（俺には見通せるのだ）。ここでは現代の日本女性を言っているのではない。トロントやニューヨークで出会った娘は、体型が異なる。より自由で、西洋的なのだ。東京も同じようだと聞いている。日本はアメリカナイズされてしまった。少なくとも新しい世代についてだが。電子時代の世代。ジーパンの日本。

蓮の花に
用を足す
お舎利
　支考(32)

蓮の葉に小便すれば御舎利かな

マルローが、一度、乾いた庭〔石庭〕を語ったことがある。図解がなかったので、どういうことなのだろうと幾晩も過ごした。乾いた庭という表現とは似ても似つかぬ贅をつくした植物が生い茂る所に生まれた者としては、マルロー一流の表現なのだろうと思うしかなかった。きわめてマルロー的だ。一つの表現の中に二つの反対語を入れ込むとは。そしてある日、偶然に本物の乾いた庭に出会ったのである。石がいくつか乗った砂を二人の僧が箒で掃いていた。そこには安らぎがあった。どこか死の安らぎに似ているのかもしれない。

寺の鐘に
蝶が眠る
じっと深く

蕪村

釣鐘にとまりて眠る胡蝶かな

三島でもないし、川端でもない。師は谷崎である。彼の小説を二点よんだことがある。『瘋癲老人日記』と『鍵』。谷崎が好きなのは、東京でも、アラン・ドロンでも、フランス料理でも、黒人ボクサーでも、写真でも、ポルノグラフィーでも、なんでも語ってくれるからだ。しかも、なにを扱っても厳しい距離を保っている。侮蔑さえ感じられる。しかし、谷崎は読者に冷笑を感じさせることは絶対にない。特に知的に努めているわけではない。ようするに、読者と目配せをするようなところがないのだ。冷徹に確かめるだけである。叫びの聞こえない悲劇。

朝の糠雨
娘が猫に踊りを
教えている

春雨や猫におどりをしへる子
一茶

建築。軽やかな構造、可変的な部屋割り。そして、とりわけ自然光。日本家屋に住む――私の脳裏から決して離れない夢である。足袋を履いて移動する。歩いているのではなくて、戸のように滑っていく。

小川の上
影を追って滑っていく
トンボ

千代女

行く水におのが影追ふ蜻蛉かな

マンハッタンで、ロックフェラー・センターの写真をとっている日本人たちを見た。あらゆる角度から写真をとっていた。あまりにもとりすぎるので、あたかも民芸品でもとっているかのようだった。不意に、私の前でロックフェラー・センターがクリシェになってしまう。共通の場所《リュー・コマン》。

老いた犬
葬列の先に立ち
みな墓参り
一茶

古犬が先に立也はか参り

向こうには死？　三島、川端、太宰、芥川。唯一つの死に方しかないようにも見える。自死。なにがそうさせるのか。自尊心なのか？　形式なのか？　美なのか？　生に対するあまりに高邁な思想なのか。答を探してもはじまらない。

吾の影さえ
壮健なり
春を告げる朝

一茶

影ぼしもまめ息才でけさの春

どういうことなのだろう。ある日、ふと、この本を書こうという気になったのだ。一つのイメージが浮かんだ。一九四五年、原爆が炸裂した朝、一組の若い男女が広島の街で愛し合っている。二人がオーガスムに達した、まさにその時、爆弾が落下した。エロスと「ヒロシマ」。エロシマ。セックスと死。この世でもっとも古い神話。

花を行けども行けども

その後に花が隠れている
吉野山
貞室(33)

これはこれはとばかり花の吉野山

最後のシーン。日本の小さな町に来ている。どこなのか見当もつかない。言葉も解さない。見たこともない風景が広がっている。どんな決まりだろうと、あずかり知らない。いつのまにか道をぶらぶらしている自分を見出す。観光客としてではない。旅人としてでもない。ただ運命を求めている。そして、俺の死が見えてくる。

輝かしい未来

禅についてては無知だ。俺はこの夏にこの物語を書いた。筆早に。おそろしく早く。俺の古いタイプライター、レミントンを一本指で叩いた。

日本のことについては何も知らない。日本は俺について何も知らない。俺が爆弾が好きなのは、外に向かって破裂するからだ。

世の終末は訪れるだろう。まちがいなく、真夏の晴れ上がった日に。女たちがいつにもまして輝かしく陽気な日に。それから、誰もいなくなるだろう。

俺は手に赤い花をもっているだろう。

訳注

（1）**リタ・ヘイワース**（8頁）　一九一八―八七　ニューヨーク・ブルックリン出身の女優。セックス・シンボルとして一世を風靡した。特に映画『ギルダ』が有名。

（2）**カーマ・スートラ**（11頁）　四ないし五世紀に成立したとされる、古代インドの書。特に性愛論の部分が有名。著者はヴァーツヤーヤナ。

（3）**涼しさを……**（12頁）　ラフェリエールは、曾良《そら》の句としているが、実際には、『奥のほそ道』に見える、芭蕉の句である。よく知られているように、芭蕉は弟子の曾良を連れて旅に出たので、この紀行文には、曾良の句も多く採られている。「涼しさを……」の掲載箇所を原典で見ると、四つの句が並んでいて、その最初の句に該当している。そして、四つの句のうちの最後の句の下に曾良の名がある。つまり、作者名が明記されていない最初の三つの句が芭蕉作で、最後の一つだけが曾良の作だということになる。ラフェリエールが「涼しさを……」を曾良の句としている理由としては、彼が参照した仏訳書では、四つの句全てが曾良の作と読めるようになっていることが考えられる。

なお、句中の語「ねまる」は、「くつろいですわる意の土地の方言」（『小学館日本古典文学全集・松尾芭蕉集2』の注参照）。仏訳では「眠る」の意に取っているが、仏語のテキストのままに訳した。原則として、フランス語訳は、そのまま日本語に訳した。

（4）**グロリア・スタイネム**（16頁）　一九三八―　ラディカル・フェミニズム運動の指導的活動家。

一九七二年に雑誌『ミズ』創刊。

（5）**ヴォドゥ**（17頁）　ハイチの伝統的宗教。一般には「ヴードゥー」と表記されるが、より原語の発音に近い表記にしている。

（6）**桃青**（36頁）　松尾芭蕉の俳号の一つ。芭蕉が江戸に来た後にしばらく用いた。

（7）**ヴァン・オルヌ通り…**（37頁）　この段落に出てくる通りの名は、いずれもカナダ・ケベック州モントリオールの街路名。小説の舞台がモントリオールであることが、ここで判明する。

（8）ＳＡＱ（37頁）　ケベック州立アルコール会社。ここではＳＡＱの店舗。カナダではどの州でもアルコール販売に規制があるが、ケベック州の場合、ビールとケベック州産のワインを除いては、ＳＡＱが独占販売している。

（9）**マギル**（43頁）　モントリオール所在のマギル大学のこと。英語系の名門大学。

（10）**レナード・コーエン**（44頁）　一九三四―二〇一六　モントリオール生まれの英語系のシンガーソングライター、詩人、小説家。一九六七年の「スザンヌ」が世界的なヒット曲になった。

（11）**モン・ロワイヤル公園**（53頁）　モントリオール市にある広大な公園。丘の上にありモントリオールの街とセントローレンス川が見下ろせる。

（12）**内藤丈草**（66頁）　ないとう・じょうそう　一六六二―一七〇四　蕉門十哲の一人。軽妙洒脱な句風で知られる。

（13）**シャーリー・マクレーン**（67頁）　一九三四―　アメリカ合衆国ヴァージニア州生まれの女優。『愛と追憶の日々』（八三）でアカデミー主演女優賞。

（14）**ジュヌヴィエーヴ・ビュジョルド**（67頁）　一九四二―　モントリオール生まれの女優。『パリの大泥棒』（六七）『１０００日のアン』（六九）などに出演。

（15）**イボンヌ・グーラゴング**（68頁）　一九五一―　オーストラリアのテニス選手。グランドスラムに何度も優勝を果たし、アボリジニの女性プレーヤーとして脚光を浴びた。

(16) **杉木望一**(70頁) すぎき・もいち 一五八六—一六四三 伊勢俳壇の指導的俳人。『望一千句』などの句集がある。

(17) **コーシャ**(85頁) Kosher ユダヤ教の掟にしたがった食品や料理を指す。

(18) **ノーマン・メイラー**(87頁) 一九二三—二〇〇七 アメリカ合衆国ニュージャージー州生まれの作家、ジャーナリスト。第二次世界大戦中の従軍体験を基に書かれた『裸者と死者』が代表作。戦争直後、日本に来ている。

(19) **バト・ミツワー**(87頁) ユダヤ教では、女の子が十二歳になると成人と見なされ、バト・ミツワーと呼ばれるようになる。その儀式のことを指す。男の子は十三歳でバル・ミツワーと呼ばれる。

(20) **バスキア**(101頁) ジャン＝ミシェル・バスキア(一九六〇—八八)のことか? ジャン＝ミシェル・バスキアは、ニューヨーク・ブルックリン生まれの、多才なグラフィティ作家。父親がポルトー・プランス生まれのハイチ系移民で、母親はニューヨーク生まれのプエルト・リコ系の人。バスキアは七〇年代後半にマンハッタンの路上や壁、地下鉄の車両に塗装用スプレーで描くグラフィティ・アートを始める。一九八〇年にマルチメディア・アーティストの展覧会「タイムズ・スクエア・ショー」に参加し注目を集め、翌年の個展で大きな成功をおさめる。まもなくアンディ・ウォーホルとのコラボレーション作品を製作するようになったが、ウォーホルの死後、ヘロインの過剰摂取が原因で亡くなった。

本作品のバスキアは写真家として登場しているので、グラフィティ作家のバスキアとは必ずしも同一人物ではないのかもしれない。このような不一致は、バスキアほど極端ではないにしても、本作品に登場する他の小説家や芸術家についても言える。ずれの程度は同じではないが、登場人物と実在の人物との間の類似と差異が微妙に描き込まれている。

(21) **ヴァン・デル・ズィー**(104頁) 一八八六—一九八三 アメリカ合衆国マサチューセッツ州生

まれの写真家。ハーレムの日常生活や黒人芸術家たちの写真を撮った。ジャン＝ミシェル・バスキアの肖像写真も有名。

(22)**『エボニー』**(105頁)　一九四五年に創刊されたアフリカ系アメリカ人向けの雑誌。「エボニー」は「黒檀」という意味だが、特に奴隷制時代には、商品としての黒人奴隷を指す言葉でもあった。

(23)**『ヴォーグ』**(106頁)　「世界でもっとも影響力がある」と言われるファッション雑誌。創刊は一八九二年。

(24)**ボブ・マーリー**(111頁)　一九四五―八一　ジャマイカ生まれのレゲエ・ミュージシャン。音楽によるラスタファリ運動の伝道者としても知られる。

(25)**アンドレ・ピエール・ド・マンディアルグ**(123頁)　一九〇九―九一　フランスの小説家。『余白の街』(六七)でゴンクール賞受賞。

(26)**マドレーヌ・シャプサル**(127頁)　一九二五―　フランスの作家、ジャーナリスト。この書の原題は、*Envoyer la petite musique* だが、複雑なニュアンスを含む表現で、日本語としては本のタイトルにしがたいので、『セリーヌとの対話』とした。

(27)**ルイ・フェルディナン・セリーヌ**(127頁)　一八九四―一九六一　フランスの作家。『夜の果てへの旅』(三二)が二〇世紀文学に大きな影響を与えた。第二次世界大戦後、その反ユダヤ的な発言のために告発された。

(28)**アルベルト・モラヴィア**(137頁)　一九〇七―九〇　処女作『無関心な人々』(二九)によって一躍、現代イタリアを代表する作家の一人となった。

(29)**ヒューバート・セルビー**(151頁)　一九二八―二〇〇四　アメリカ合衆国ニューヨーク州ブルックリン生まれの作家。ホームレスの生活を描いた自伝的な作品『ブルックリン最終出口』で知られる。

(30)**ヴィディアダハル・スラヤプラサド・ナイポール**(153頁)　一九三二―　西インド諸島トリニ

ダード出身の小説家。主にトリニダードのインド人社会を描く。二〇〇一年、ノーベル文学賞受賞。

(31) **鉄の市場《マルシェ・アン・フェール》**(160頁) ハイチの首都ポルトー・プランスの象徴的な市場。一八九〇年代にフランスから買い入れた二棟の鉄製の市場施設が始まり。広い市場内部には、商人たちの活気ある声が響き渡っている。二〇一〇年一月一二日の震災で全壊した後、翌年再建されたが、二〇一八年二月に火災により再び甚大な被害を蒙った。

(32) **各務支考**(172頁) かがみ・しこう 一六六五―一七三一 蕉門十哲の一人。芭蕉の死後、美濃派の一派として一大勢力を築いた。著書に『笈日記』などがある。

(33) **安原貞室**(177頁) やすはら・ていしつ 一六一〇―七三 京都の俳人。松永貞徳の高弟。原文にはTÔFUとあるが、該当する句を見つけることができなかった。フランス語訳の句に一番近いと思われるのが、貞室の有名な句なので、これをあてることにした。「これはこれは」の訳し方によっては、貞室の句の訳だと考えることができる。

訳者あとがき

本書『エロシマ』は一九八七年に出版されている。センセーショナルな成功を収めた『ニグロと疲れないでセックスする方法』から二年後のことである。小説『ニグロ……』は、社会の下層から抜け出たいと願う作家志望の黒人が小説を書き上げていく物語だった。その黒人作家＝主人公が書きつつある作品がまさに本書であり、小説『ニグロ……』の中に組み込まれる予定だったのである。しかし、編集者の判断でそれが断念され、少し時間を置いて、別の独立した本として刊行された。独立して刊行される時に手を加えられたのかどうかについては、著者はなにも述べていない。

広島を想起させる「エロシマ」という不思議なタイトルがついた本書は、余計な解説などつけないで、読者諸賢にそのまま読んでいただきたいし、おそらく著者もそれを望んでいる。

他方で、訳者としては、訳についての若干の説明と、本書の背景を記しておきたい気持ちが押さえられないのも事実である。ダニー・ラフェリエールの作品世界を日本に繋ぐためにも、うまく繋げられるかどうかは別にして、多少の解説はあった方がよいのかもしれない。

小説家ダニー・ラフェリエールについては、既刊の作品で紹介しているので、詳しい解説はそちらに譲って、ここでは、本書出版前後の状況について記しておこう。


冒頭でも述べたように、ダニー・ラフェリエールは、『ニグロと疲れないでセックスする方法』(一九八五年)で一躍脚光を浴びて登場した作家であり、その後、一連の自伝的な小説を連続的に書き上げ、国際的にもっとも著名なフランス語表現作家の一人になっている。彼は、自作の全体を「アメリカ的自伝」と名づけているが、それは、フランス語で書いていながらもアメリカの作家であることを、作品全体を通して語っているからなのだろう。もっとも、ここで言う「アメリカ的」とはアメリカ合衆国を意味するのではなく、合衆国も含まれるが、南北アメリカ両大陸が作り出している広大な空間に生きる者の人生を指す言葉として用いられている。彼の生まれ故郷ハイチもアメリカであれば、彼が作家としての地位を得たカナダ・モントリオールもアメリカなのである。

彼は当初から「アメリカ的自伝」という、はっきりした構想を抱いて書いていたのではないようだ。むしろ、小説を一冊出した後は沈黙するつもりさえあったようである。しかし、処女作の成功によってテレビ局から声がかかり、人生が大きく変わってしまうことになる。

引き受けた仕事は天気予報だったが、何事にも心を尽くす彼は街路に出て天気予報をし、番組のスタイルを一新してしまう。そのユーモアに満ちた話し振りは大変な人気を博したようだ。八九年には、ラジオ・カナダの教養番組「六人組」に常連として出演し、辛口の批評も厭わない、自由闊達で多方面に亘る文化論を展開して、時には恐れられる存在にさえなったらしい。この年には、映画化された『ニグロ……』が封切られている。こうして、ダニー・ラフェリエールは、カナダ国内のフランス語圏ケベック州では誰一人知らない人のいない有名人になる。しかし、彼はマスコミでの活動に次第に限界を感じたようで、一度モントリオールでの生活を切り上げ、マイアミに居を移して、家族と共に暮らす決心をする。「アメリカ的自伝」の構想が明確な形をとり、本格的な執筆活動が開始されるのは、マイアミにおいてである。その後、約十年間、彼はひたすらハイチでの幼年時代から亡命にいたるまでを中心にした小説群の執筆に専念する。このような作家としての経歴を振り返った後に、あらためて一九八五年から九〇年にかけてを見ると、マスコミ界での多忙な日々にもかかわらず作家としての道を必死に模索していたことが窺われる。ラフェリエール自身に言わせれば、小説『ニグロ……』も『エロシマ』も「アメリカ的自伝」の一部をなしているのだが、この二作品がマイアミ時代の作品群とは性格を異にしている理由が、作家としての姿勢の変化にあることが納得されるのである。

作家活動の初期に書かれた『エロシマ』について、訳者としての感想を述べておこう。まず目につくのは、著者の筆が、登場人物たちの会話描写において研ぎ澄まされていることである。会話の微妙な趣《おもむき》によって、本書の小説的な時間が展開しているのである。これは、小説『ニグロ……』にも共通しているが、そこでは、黒人と白人女性との対話に小説的工夫があったのに対して、ここでは黒人と日本人女性との言葉のやり取りから微妙な空気の揺れが醸されている。もちろん、バスキアやナイポールが登場する章のように、日本人が出てこない章もあるが、冒頭の「カーマ・スートラ動物園」に登場する日本人女性たちによって本作品の主な時間的感性が全体に染み込み、それが日本人の登場しない章にも浸透して、複数の時空が縒り合わされている。ラフェリエール的小説世界は、物語展開の面白さの追求ではなく、むしろ物語的脈絡を切断する様々なシーンの併置によって構成されているのである。そこに流れている繊細な感受性と目立たない知的戦略にこそ、ラフェリエールの小説の魅力があると言えよう。

さて、そこにおいて重要な仕掛けになっているのが、俳句であることは言うまでもない。少し大袈裟に言えば、俳句は随所に援用されることによって会話の時間的統一性を間接的に制御しながら、西洋的な小説世界とは異なる虚構性を開いている。もちろんのこと、それは日本文学の模倣というようなものではない。ハイチから政治亡命し、モントリオールという多文化的な国際都市で作家としての世界観を練り上げてきたラフェリエールだからこそ実現できる、古典的なヨーロッパ文学とも日本文学とも異なる独特な小説空間なのである。

ラフェリエールによる俳句の引用については、さまざまな意見があるのではないかと思う。俳句を誤解しているという厳しい意見もあるかもしれない。

ところで、俳句が外国語に翻訳される時、三行詩の体裁をとって提示されるのが一般的である。そこでは、もはや季語のような日本文化に密着した約束事は消し去られ、一瞬の感覚やイメージが、どの時代、どの文化内でも受けとめられるような、ある意味、平易な形で喚起されている。俳句は、翻訳されることによって圧縮された表現性が弱まり、全く別の言語表現になっている。しかし、このような翻訳によって生じる乖離を、間違いだとか、誤解だとか、無知と捉えるのではなく、むしろ日本語空間から外国語の空間への俳句の転生と捉え、いずれの意味的・文化的空間を尊重することが大事ではないだろうか。俳句は翻訳によって「世界文学」になったのである。振り返ってみれば、日本人もこれまで翻訳不可能な外国文学作品を果敢にも、あるいは無謀にも翻訳してきたことが思い出される。そして、翻訳による「誤解」を新たな発想の源とさえしてきたのである。外国人が俳句を同じように、時には無謀に翻訳して、そこから新たな想を得たからと言って、それを否定するなら、振り返って近代日本の文学の歩みを否定することになりかねない。俳句はいまや日本人だけの財産ではないのである。世界の至るところに俳句を様々な言語で詠む人々がいる時代に私たちは生きている。「世界文学」の予想を越えた波動を見ていくならば、翻訳によって失われるものがあっても、なおも何かが残り、読者に何かをもたらす文学が、そして作品こそが、「世界文学」に値するのである。かつてリービ英雄は「日本語の勝利」を語ったことがあるが、それは日本語が日本人の占有物ではなく、日本文化の外にいる者たちの自己表現手段にもなることによって、新たな時代の普遍性を獲得することだった。それと同じような意味で、「俳句の勝利」をダニー・ラフェリエールに見ることができないだろうか。というのも、彼の場合、俳句はディレッタントな東洋趣味のひけらかしではなく、『帰還の謎』や『甘い漂流』に見られるように、彼の文体に深く入り込んでいる。彼の血であり肉なのである。ラフェリエールを自己流で誤解だらけの日本文学愛好者として捉えるのではなく、彼を通して、日本文化の様々な要素が現代世界の文化的攪拌の中で転生していると見る視点が必要とされている。今日の文学・芸術は、西洋と日本というような二元対立構造を越えて、より広い地平において無数の地域が関係を結ぶ中で脈動しているのである。インターネットは、それを何倍にも増幅している。

それはそれとして、訳者としてもっとも苦労したのが、俳句の引用部分であったこともたしかである。本作品では、引用されている俳句は、まずそのフランス語訳をそのまま日本語に訳すことにした。当然のことながら、元になった日本の俳句からは乖離が生じることになる。おまけに、ラフェリエールが参照した版がどれなのか不明で、英語からフランス語への重訳もあるかもしれず、そのような場合は意味の乖離が更に大きくなっている可能性がある。しかし、飾りではなく、本作品の一部となっていることを考えて、フランス語訳をできるだけ忠実に日本語に訳すように心がけた。その上で原作も併記した。原作については、すぐ見つかるものもあったが、なかにはいくら探しても、それらしい句がなかなか見つからなかった例もある。たとえば、アルファベットでＭＯＩＣＨＩと表記された俳人が杉木望一であり、引用されている句が「をのずから鶯籠や園の竹」だと突き止めるまでには相当の時間がかかり、途中で諦めかけた時もあった。ＴÔＦＵという俳人が誰なのかは結局最後まで不明だった。おそらく、俳句の内容からして安原貞室ではないかと推測される。もし、ＴÔＦＵについてご存知の方がいれば御教示をお願いする次第である。

翻訳に際しては、私的な事情も絡んで中断することがあった。それによる遅滞については藤原社長にお詫びしなくてはならない。そして、再開された翻訳作業を励ましていただき、細部にわたって丁寧な助言をしてくださった刈屋琢氏には心よりお礼を申し上げる。幸いにして、本書刊行の少し前に、あるシンポジウムとの絡みでラフェリエール氏にパリで会う機会があり、その際に日本の読者への言葉を依頼したら、快くすぐさま原稿を送ってくださった。本書の冒頭に掲げた通りである。氏は、「長い針でうなじを突き刺された感覚に勝るとも劣らない、存在の苦痛に満ちた幸福感」を語っている。本書の世界をうまく言い当てている。本書によってフランス語圏の特異な作家ダニー・ラフェリエールの紹介がまた少し進み、より多くの読者に楽しんでいただければ、訳者として本望である。

二〇一八年六月

立花英裕

著者紹介

ダニー・ラフェリエール（Dany Laferrière）

1953年，ポルトープランス（ハイチ）生。『プチ・サムディ・ソワール』紙の文化欄を担当していた76年，モントリオール（カナダ）に移住。85年，『ニグロと疲れないでセックスする方法』（邦訳藤原書店）で作家デビュー（89年カナダで映画化。邦題『間違いだらけの恋愛講座』）。90年代にはマイアミに居を移し，『コーヒーの香り』（91年）『甘い漂流』（94年，邦訳藤原書店）『終わりなき午後の魅惑』（97年）などを発表。2002年よりモントリオールに戻り，『吾輩は日本作家である』（08年，邦訳藤原書店）の後，『帰還の謎』（09年，邦訳藤原書店）をケベックとフランスで同時刊行し，モントリオールで書籍大賞，フランスでメディシス賞受賞。2010年のハイチ地震に遭遇した体験を綴る『ハイチ震災日記』（邦訳藤原書店）を発表。2013年アカデミー・フランセーズ会員に選出される。

訳者紹介

立花英裕（たちばな・ひでひろ）
1949年生。フランス語圏文学。早稲田大学教授。共著に,『アジア文学におけるフランス的モデルニテ』（仏文，PUF）など。共編著に,『21世紀の知識人――フランス，東アジア，そして世界』（藤原書店）など。訳書に，ピエール・ブルデュー『国家貴族　I・II』，ダニー・ラフェリエール『ハイチ震災日記』『ニグロと疲れないでセックスする方法』『吾輩は日本作家である』（藤原書店）など。共訳書に,フリオ・コルタサル『海に投げ込まれた瓶』（白水社），ブシャール『ケベックの生成と「新世界」』（彩流社），『月光浴――ハイチ短篇集』（国書刊行会），エメ・セゼール『ニグロとして生きる』（法政大学出版局）など。2009年，ケベック州政府からアメリカ地域フランコフォン功労賞を受賞。

エロシマ

2018年 8月10日　初版第1刷発行©

訳　者　立　花　英　裕
発行者　藤　原　良　雄
発行所　株式会社　藤　原　書　店

〒162-0041　東京都新宿区早稲田鶴巻町523
電　話　03（5272）0301
FAX　03（5272）0450
振　替　00160 - 4 - 17013
info@fujiwara-shoten.co.jp

印刷・製本　中央精版印刷

落丁本・乱丁本はお取替えいたします
定価はカバーに表示してあります

Printed in Japan
ISBN978-4-86578-182-3

ハイチ生まれ・カナダ在住のフランス語作家

ダニー・ラフェリエール（1953-）

ハイチに生まれ、4歳の時に父親が政治亡命。それに伴い祖母の家へ「最初の亡命」。若くしてジャーナリズムの世界に入るが、23歳の時に同僚が独裁政権に殺害され、カナダ・モントリオールに亡命。1985年、処女作『ニグロと疲れないでセックスする方法』が話題に。『エロシマ』『コーヒーの香り』『終わりなき午後の魅惑』など作品多数。2010年のハイチ大地震に遭遇。映画制作、ジャーナリズム、テレビでも活躍。2013年12月よりアカデミー・フランセーズ会員。

ある亡命作家の帰郷

帰還の謎

D・ラフェリエール
小倉和子訳

独裁政権に追われ、故郷ハイチも家族も失い異郷ニューヨークで独り亡くなった父。同じように亡命を強いられた私が、面影も思い出も持たぬ父の魂とともに故郷に還る……。詩と散文が自在に混じりあい織り上げられた、まったく新しい小説（ロマン）。

仏・メディシス賞受賞作

四六上製　四〇〇頁　**三六〇〇円**
（二〇一一年九月刊）
◇978-4-89434-823-3

L'ÉNIGME DU RETOUR　Dany LAFERRIÈRE

二〇一〇年一月一二日、ハイチ大地震

ハイチ震災日記
（私のまわりのすべてが揺れる）

D・ラフェリエール
立花英裕訳

首都ポルトープランスで、死者三〇万超の災害の只中に立ち会った作家が、ひとつひとつ手帳に書き留めた、震災前／後に引き裂かれた時間の中を生きるハイチの人々の苦難、悲しみ、祈り、そして人間と人間の温かい交流と、独自の歴史への誇りに根ざした未来へのまなざし。

四六上製　二三二頁　**二二〇〇円**
（二〇一一年九月刊）
◇978-4-89434-822-6

TOUT BOUGE AUTOUR DE MOI　Dany LAFERRIÈRE

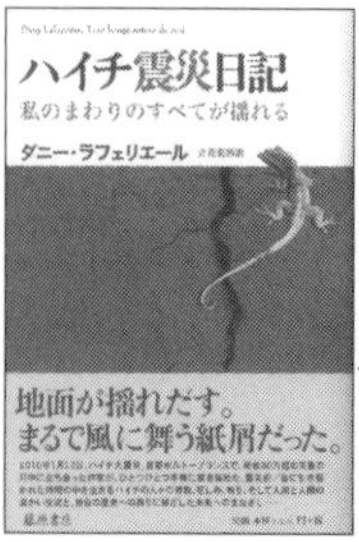

「おれはアメリカが欲しい。」衝撃のデビュー作！

ニグロと疲れないでセックスする方法

D・ラフェリエール
立花英裕訳

モントリオール在住の「すけこましニグロ」のタイプライターが音楽・文学・セックスの星雲から叩き出す言葉の渦が、白人と黒人の布置を鮮やかに転覆する。デビュー作にしてベストセラー、待望の邦訳。

四六上製　二四〇頁　**一六〇〇円**
（二〇一二年一二月刊）
◇978-4-89434-888-2

COMMENT FAIRE L'AMOUR AVEC UN NÈGRE SANS SE FATIGUER　Dany LAFERRIÈRE

歩くことは、自分を見つめること

ロング・マルシュ 長く歩く
（アナトリア横断）

B・オリヴィエ
内藤伸夫・渡辺純訳

シルクロード一万二千キロを、一人で踏破。妻を亡くし、仕事を辞した初老の男。歩く――この最も根源的な行為から得るものの豊饒！ 本書ではイスタンブールからイランとの国境付近まで。

四六上製 四三二頁 三二〇〇円
（二〇一三年六月刊）
◇978-4-89434-919-3
LONGUE MARCHE I Bernard OLLIVIER

中央アジアを、一人で歩く

サマルカンドへ
ロング・マルシュ 長く歩く II

B・オリヴィエ
内藤伸夫・渡辺純訳

イラン、トルクメニスタンを経てウズベキスタンへ、時には危険を感じながら、出会う人々の温かさにふれ、ただ歩く!! 最も根源的な行為に、自分が洗われてゆく。〝シルクロード（イスタンブール～西安）一万二千キロをすべて徒歩でゆく〟という途方もない目標をたてた著者の旅行記、その第二弾。

四六上製 四四八頁 三六〇〇円
（二〇一六年六月刊）
◇978-4-86578-073-4
LONGUE MARCHE II Bernard OLLIVIER

〝女〟のアルジェリア戦争

墓のない女

A・ジェバール
持田明子訳

植民地アルジェリアがフランスからの独立を求めて闘った一九五〇年代後半。「ゲリラの母」と呼ばれた女闘士〝ズリハ〟の生涯を、その娘や友人のさまざまな証言をかさねてポリフォニックに浮かびあがらせる。マグレブを代表する女性作家（アカデミー・フランセーズ会員）が描く、〝女〟のアルジェリア戦争。

四六上製 二五六頁 二六〇〇円
（二〇一一年一一月刊）
◇978-4-89434-832-5
LA FEMME SANS SÉPULTURE Assia DJEBAR

1989年11月創立　1990年4月創刊

一九九五年二月二七日第三種郵便物認可　二〇一八年七月一五日発行（毎月一回一五日発行）

月刊
機
2018
7
No. 316

発行所　株式会社 藤原書店©
〒一六二-〇〇四一　東京都新宿区早稲田鶴巻町五二三
電話　〇三・五二七二・〇三〇一（代）
FAX　〇三・五二七二・〇四五〇
◎本冊子表示の価格は消費税抜きの価格です。

編集兼発行人
藤原良雄
頒価 100円

鶴見和子さん生誕百年。生前の未公開インタビューを初公開！

「天皇皇后謁見」秘話

――インタビュー　二〇〇四年九月――

鶴見和子

▲鶴見和子（1918-2006）

本年は、近代化論を乗り越える「内発的発展論」を提唱すると共に、南方熊楠の思想を読み解いた国際的社会学者、鶴見和子氏の生誕百年である。最後のメッセージを集成した遺著『遺言』（二〇〇七年）に、二〇〇四年、京都御所で天皇、皇后両陛下との謁見の回想記と、生前最後の『いのちを纏う』出版記念シンポジウム（志村ふくみ・川勝平太・西川千麗）の記録を収録した百頁拡大の増補版を刊行する。天皇陛下のご退位を目前に、鶴見和子さんの言葉を噛みしめたいと思う。

編集部

● 七月号目次 ●

南方熊楠、そして水俣への関心

——どういうお話から入ったのでしょうか。

私の方から、昭和天皇と南方熊楠の話をまず申し上げた。天皇陛下が田辺にいらしたときに熊楠が御進講した。田辺の植物について。その時、熊楠がすごく感動して歌を作った。その歌碑が今でも立っているのよ、神島《かしま》という島に。

一枝も心して吹け沖つ風わが天皇《すめらぎ》のめでまし〻森ぞ

それで今度、天皇はその後、熊楠が亡くなってからまた田辺に行幸があった。そのときに天皇がこういう歌を作られた。

雨にけぶる神島を見て紀伊の国の生みし南方熊楠を思ふ

天皇が御製に臣下の名前をお入れになるということは、大変めずらしいことなの。「南方熊楠を思ふ」。こちらは「わが天皇のめでまし〻森ぞ」と。

それで、私、これは何だろうと思って考えたときに、田辺に行った時、飛行機の中から神島を見て、そうだ、これは相聞歌だと思って。天皇と熊楠の相聞歌、お互いに学者として認めたのよ。その話を申し上げた。そういうことを書いたことがある。

そんな話をしているうちに、天皇が「水俣はどうですか」と言われたので、びっくりしたの。

——わりと早いうちにそういう話を……。

私が水俣の調査をしたということと、水俣に関心がおありになる。つまり、自然保護ということに関心がおありになるのよね、皇室は。それでそういうことを言われた。それで私はちょうど石牟礼道子さんの新作能「不知火」のＤＶＤを見ていたころだから、その感想を国立能楽堂に二十日も遅れて書き送った。新作能の「不知火」は、奉納公演として二〇〇四年八月二十八日に、それを患者さんと、患者さんの遺族たちが、ヘドロの海の埋め立て地の上で見ることになっている。そういうお話をしたのよ。

そして患者さんたちがあの運動を起こしたのは、なぜだったかというと、それはお金がほしいということではなくて、この海がまた生き返るようになって、魚たちが生き返って、われわれ漁夫たちが漁業できるような、あの豊穣の海に返ってほしいという、それが切実な願いであった。そのことを石牟礼さんがお能にした、という話を申し上げた。そういうことなのよ。それで次々に話が展開していって……。

——そういうふうに先生が水俣について話をされたときにはいかがでしたか。

それで私、とても感じがよかったのは、

こちらに皇后様、こちらに陛下。そして私が何か言うと、お二人で顔を見合わせてうなずきあう。それがとても気持ちがいいのよ。つまり、お互いがとても心が響きあっているという感じが出ている。私、これは仲のいい夫婦だなと思った。

　私、一番最初にお会いした時に、陛下にこういうことを申し上げた。「陛下のお言葉は、私、いつでも大変関心をもって伺っております。七十歳の古希のお祝いの時のお言葉にとても感動しました」というお話をした。それはどういうことかというと、「七十年の生涯を振り返って、こういう結婚をしてきたというのが、一番しあわせなことでした。皇后は私の立場、私の務めをよく理解して、やさしく寄り添ってくれました」。そうおっしゃったのよ。「それを私は伺って、日本の男はそういうことを思っても、公衆の面前でこういうことを言うことはありません。陛下は本当にいい日本の男のお手本でいらっしゃいます」、そう言ったのよ。そして「お言葉を確実に私の心に刻むために、もし書いたものがおありになったらいただきたい」と言ったら、宮内庁からちゃんと送っていただきました、いろいろな時期のお言葉。

▲1966年、プリンストン大学に留学中

佐佐木信綱門下として

　まずそれが最初の話。それから昭和天皇と熊楠の話。そうしているうちに和歌の話が出てきたので、皇后様が、「私の母は佐佐木信綱先生のお弟子で、『心の花』に出しております。そして私は後藤美代子先生に和歌の指導をしていただきました」。「あっ、そうですか。それでは美智子様、皇后様は、佐佐木信綱先生の孫弟子でいらっしゃいますね」と言ったら、「そうです。それで時どき『心の花』に出ると、とてもうれしゅうございました」。そんなことをおっしゃった。

　それで和歌の話がずっと続いたの。それで私は「それを伺ってとてもうれしいので、佐佐木幸綱先生との対談をいたしました、その本を送らせていただきます」と言って、帰ってきたのちにお送りしたら、女官長を通してちゃんとお礼のお電話がございました。そういうことで、なかなかお歌もいいのよ、皇后様。だからやはりそういう教養がおありになる。

日本の伝統の革新

それから私がすごく感じたことは、陛下と皇后様は、日本の伝統ということをしっかり踏まえて、それを守りながらつねに新しく変えていく。たとえば、公衆の前で皇后と結婚したことが一番のしあわせだなんて、今までの男は言わないのよ。それをちゃんとはっきりおっしゃるというのは、これはやはり**伝統の革新**よ。踏まえて、それを新しい時代に合わせて変えていく。「そういうことを心がけていただいていることが大変うれしゅうございます。」私、天皇というのは、そういう役割を果たしていると思うの。象徴天皇というのは、そういう意味だと思う。伝統を守りながら、それを新しく作り変えていく、と。そういう役割を陛下と皇后様のご夫婦は果たしていらっしゃると思います。

京都御所という所縁《ゆかり》の場所でお目にかかれたことも、私は大変うれしいことです。そして退室する時におみやげをいただいたの。お菓子のおみやげだった。すべて白い布で、つまり白い箱だったのよ。女子学習院なんかで皇室の方がいらっしゃるときは、とら屋のお菓子と決まっていた。だけど、いただいたのは、俊輔にも「あなたこれ、分けてあげましょうか」と言って、何か言うかと思ったら、「僕は今の天皇と皇后を尊敬しているんだよ。だからもらうよ」と言って、送ってやったら「なるほど、これは無印良品だ」、なんて言ったんだけれど、とても質素なお菓子なのよ。本当に驚くほど質素なの。いかにも手作りのお菓子という……。だから召しあがりものの日々のご生活もずいぶん質素なんだなと思いました。

なにしろすごく感じがいいのよ。それから私が退室する時、玄関までお出ましになって、お見送りくださったのよ。びっくりしたの。私は大腿骨骨折をしてから、身体を前に曲げてはいけないの。だから最敬礼ができない。ずっと座ったまままこういうふうに、丁寧にしかお辞儀はできない。だから本当は失礼なんですよ。向こうは敬礼をして、玄関までいらっしゃって、お見送りして、お辞儀してくださったのよ。

聞き手＝藤原良雄編集長

（構成・編集部　全文は『遺言』〈増補新版〉に掲載）

（二〇〇四年九月一九日　於・京都宇治）

（つるみ・かずこ）

今、世界的に注目される作家の邦訳最新作！

一つの季節
——『エロシマ』日本語訳刊行に寄せて——

ダニー・ラフェリエール

ノスタルジーへと溶けてしまうのを拒む記憶というものがある。本書を書き始めたのは、いまから三十五年前のことだ。はじめ、『ニグロと疲れないでセックスする方法』（邦訳藤原書店刊）の一部として、その中に挟みこまれる予定だった。いよいよの段になって、私の編集者は切り離して出版した方がいいと言い出した。「このテキストは長くはないがね、独特の季節が漂っている。一冊の独り立ちした本になるよ」。「季節」という語はたしかにあたっている。なかなか霧散しない香りがいつまでも棚引いているのだ。

私には、あの年の夏の光が立ち戻ってくる。あの感興を再び言葉に乗せて浮上させようというのであれば、芭蕉に俳句を詠んでくれるように頼むしかないのかもしれない。私は、これまで書いてきた本については、どれもその細部をつぶさに思い描ける。しかし、本書だけは体のどこかに閉じ込められたままだ。愛したことはあるけれど、その雰囲気しか思い出せないような人に似ているとでも言おうか。あの頃のことで私に残っているのは、強烈な喜悦の感情であり、なぜそんな気持ちに包まれていたのか、不思議なくらいである。しかし、長い針でうなじを突き刺された感覚に勝るとも劣らない、存在の苦痛に満ちた幸福感が消えることなく居すわっている。私は、潜りこんだ床《とこ》から出てはいけないと分かっていた。にもかかわらず、起きて床を抜け出してしまうという過ちを犯した。爾来、形にならない何かがくっきりと、私のあきらめ顔の目に映っている。もし私が書き続けるなら、あの、たっぷり七十二時間は続いた、数々の感覚の雨滴を再現させることができるのかもしれない。いまの私に分かっているのは、もし再び本を書くのであれば、それはどんな思い出にもならない本、書いている間に無数の感覚が立ち昇ってきて、本が本以外のなにものでもない、そんな本になるだろうということである。

（立花英裕訳）

（Dany Laferrière／作家・詩人）

『エロシマ』翻訳にあたって

立花英裕

『ニグロ…』から独立した本

本書『エロシマ』は一九八七年に出版されている。センセーショナルな成功を収めた『ニグロと疲れないでセックスする方法』から二年後のことである。小説『ニグロ…』は、社会の下層から抜け出たいと願う作家志望の黒人が小説を書き上げていく物語だった。その黒人作家＝主人公が書きつつある作品がまさに本書であり、小説『ニグロ…』の中に組み込まれる予定だったのである。しかし、編集者の判断でそれが断念され、少し時間を置いて、別の独立した本として刊行された。独立して刊行される時に手を加えられたのかどうかについては、著者はなにも述べていない。

広島（ヒロシマ）を想起させる「エロシマ」という不思議なタイトルがついた本書は、余計な解説などつけないで、読者諸賢にそのまま読んでいただきたいし、おそらく著者もそれを望んでいる。

他方で、訳者としては、訳についての若干の説明と、本書の背景を記しておきたい気持ちが押さえられないのも事実である。ダニー・ラフェリエールの作品世界を日本に繋ぐためにも、うまく繋げられるかどうかは別にして、多少の解説はあった方がよいのかもしれない。

「アメリカ的自伝」とは？

冒頭でも述べたように、ダニー・ラフェリエールは、『ニグロと疲れないでセックスする方法』（一九八五年）で一躍脚光を浴びて登場した作家であり、その後、一連の自伝的な小説を連続的に書き上げ、国際的にもっとも著名なフランス語表現作家の一人になっている。彼は、自作の全体を「アメリカ的自伝」と名づけているが、それは、フランス語で書いていながらもアメリカの作家であることを、作品全体を通して語っているからなのだろう。もっとも、ここで言う「アメリカ的」とはアメリカ合衆国を意味するのではなく、合衆国も含まれるが、南北アメリカ両大陸が作り出している広大な空間に生きる者の人生を指す言葉として用いられている。彼の生まれ故郷ハイチもアメリカであれば、彼が作家としての地位を得たカナダ・モントリオールもアメリカなのである。

　彼は当初から「アメリカ的自伝」という、はっきりした構想を抱いて書いていたのではないようだ。むしろ、小説を一冊出した後は沈黙するつもりさえあったようである。しかし、処女作の成功によってテレビ局から声がかかり、人生が大きく変わってしまうことになる。引き受けた仕事は天気予報だったが、何事にも心を尽くす彼は街路に出て天気予報をし、番組のスタイルを一新してしまう。

　そのユーモアに満ちた話し振りは大変な人気を博したようだ。八九年には、ラジオ・カナダの教養番組「六人組」に常連として出演し、辛口の批評も厭わない、自由闊達で多方面に亘る文化論を展開して、時には恐れられる存在にさえなったらしい。この年には、映画化された『ニグロ…』が封切られている。

　こうして、ダニー・ラフェリエールは、カナダ国内のフランス語圏ケベック州では誰一人知らない人のいない有名人になる。しかし、彼はマスコミでの活動に次第に限界を感じたようで、一度モントリオールでの生活を切り上げ、マイアミに居を移して、家族と共に暮らす決心をする。「アメリカ的自伝」の構想が明確な形をとり、本格的な執筆活動が開始されるのは、マイアミにおいてである。その後、約十年間、彼はひたすらハイチでの幼年時代から亡命にいたるまでを中心にした小説群の執筆に専念する。

　このような作家としての経歴を振り返った後に、あらためて一九八五年から九〇年にかけてを見ると、マスコミ界での多忙な日々にもかかわらず作家としての道を必死に模索していたことが窺われる。ラフェリエール自身に言わせれば、小説『ニグロ…』も『エロシマ』も「アメリカ的自伝」の一部をなしているのだが、この二作品がマイアミ時代の作品群とは性格を異にしている理由が、作家としての姿勢の変化にあることが納得されるのである。

物語展開ではなく時間性の魅力

　作家活動の初期に書かれた『エロシマ』について、訳者としての感想を述べておこう。まず目につくのは、著者の筆が、登場人物たちの会話描写において研ぎ澄まされていることである。会話の微妙な趣《おもむき》によって、本書の小説的な時間が展開しているのである。これは、小説『ニグロ…』にも共通しているが、そこでは、黒人と白人女性との対話に小説的工夫があったのに対して、ここでは黒人と日本人女性との言葉のやり取りから微妙な空気の揺れが醸されている。もちろん、バスキアやナイポールが登場する章のように、日本人が出てこない章もあるが、冒頭の「カーマ・スートラ動物園」に登場する日本人女性たちによって本作品の主な時間的感性が全体に染み込み、それが日本人の登場しない章にも浸透して、複数の時空が縒り合わされている。**ラフェリエール的小説世界は、物語展開の面白さの追求ではなく、むしろ物語的脈絡を切断する様々なシーンの併置によって構成されているのである。そこに流れている繊細な感受性と目立たない知的戦略にこそ、ラフェリエールの小説の魅力があると言えよう。**

▲D・ラフェリエール
(1953-)

そこにおいて**重要な仕掛け**になっているのが、**俳句であること**は言うまでもない。少し大袈裟に言えば、俳句は随所に援用されることによって会話の時間的統一性を間接的に制御しながら、西洋的な小説世界とは異なる虚構性を開いている。もちろんのこと、それは日本文学の模倣というようなものではない。ハイチから政治亡命し、モントリオールという多文化的な国際都市で作家としての世界観を練り上げてきたラフェリエールだからこそ実現できる、古典的なヨーロッパ文学とも日本文学とも異なる独特な小説空間なのである。

(構成・編集部)

(たちばな・ひでひろ/フランス語文学・文化)

鶴見祐輔の次女であり、鶴見和子と俊輔の妹である著者の九十年の半生

看取りの人生
――後藤新平の「自治三訣」を生きて――

内山章子

鶴見家の人びと

私が生まれたとき、父、鶴見祐輔はちょうど衆議院議員に初当選した年で、私は激動の時代の政治家の家に生まれた。母、愛子は後藤新平の長女で、私の幼いときに過ごした家も後藤邸の敷地のなかにあったが、後藤新平は私が一歳足らずのときに亡くなっているので、記憶には無い。

姉の和子は十歳違い、兄の俊輔も六歳違いと歳が離れていて、特に姉とはいっしょに遊ぶことは無かった。私が十歳を過ぎるころには、姉も兄もアメリカに留学していて、それはこの時代には珍しいことだった。

その家で次女として育った私は、家族なのに、どこか「違う人たち」と暮らしているようだった。

父母は明治生まれ、姉と兄は大正生まれ、とそれぞれ日本近代化に特長のある時代を背景に、一人一人ひたぶるに自らの求めるものに従って生きた。

私と弟は昭和生まれで、大正デモクラシーの時代とは全く異なる時代背景のもと、戦争が始まり、その中で教育を受けた。特に弟は、父母のもとを離れ、学童疎開を経験している。

兄・鶴見俊輔、姉・鶴見和子

兄と父の葛藤は、父が脳梗塞で倒れ、言語を失い、体も不自由になってからも続いた。父は、医師の指示に従い、看護して下さる方々や日常の生活を支えて下さる方々との、父特有の知恵とユーモアによるコミュニケーションを巧みに保った。十四年半もの長い療養生活を父が明るく過ごした見事さに、兄は「父とのケンカは俺の負けだ」と言った。私も父を看取ることで多くを学んだ。人として最高の姿を子供たちに残した父であった。

姉が七十七歳で脳出血による左半身麻痺になり、それから十年半の療養生活を送らねばならなくなった時、兄と私は、姉を支えることになる。学問一筋にひたぶるに生きた姉は、自分の家庭をもたな

▲左から兄・俊輔、母・愛子、膝の上に弟・直輔、父・祐輔、膝の上に著者、姉・和子（1936年）

かったので、兄夫婦が懸命に姉の療養生活を支えた。発病後二年で、入居先の「ゆうゆうの里」の生活にも慣れ、また仕事をする日が戻って来てからは、姉は、死ぬその日まで自分でその記録をつけ続けられると信じていた。それが死の一月半前、背骨の骨折のため自分の手で記録することができなくなった。心ならずもその仕事は私の手に渡さざるを得なくなり、私は姉の指示に従って記録した。

今考えると、「看取り」を書き記すことは、リベラルな家の「黒子」として育った自分の、導かれた運命だったのではないかと思う。

姉を看取ったときは、これで、姉に惜しみない愛情を注いだ父に会わせる顔ができたと思えたが、この記録は決して家族に見てもらえるようには書けなかった。けれども書き上げるまで生きていられたことをありがたく思う。母から叩きこまれた後藤新平の自治三訣、「人のお世話にならぬよう　人のお世話をするよう　そしてむくいを求めぬよう」は、「人のお世話にならぬように人のお世話をするよう　そしてむくいを求めぬよう」という意味だと悟った。

（構成・編集部）

（うちやま・あやこ）

連載 金時鐘氏との出会い 5

チャプチュうまいんやで

野崎六助

金芝河に死刑が宣告された時代

「ローカン食堂、まだやってまっかいな」――おそらく、詩人と交わした最初の会話がそれだった、と記憶している。四条河原町労働会館（ローカン）食堂は、髙島屋裏にあったが、わたしは、近辺に住んでいただけで、その「歴史」については、まったく知らない。コップ一杯八〇円の梅割り焼酎をカウンター席で舐め、三杯で足がもつれるという定説をくつがえそうと意気がって四杯目に挑んでいた二〇代半ばの礼儀知らずだった。

無理を押して、京都まで来ていただいたことが二度ほどあるが、その最初で、最後であっても不思議はない強引な依頼に応えていただいた時である。

韓国は朴正熙が維新体制を標榜していた時代だった。朴は、先日罷免された大統領の父親で、日本の士官学校で学んだ軍人だが、その数年後に、部下に射殺される。独裁後期の朴体制は、詩人金芝河に死刑を宣告し、その余波が日本にもおよんできた。金芝河、今は遠くに行ってしまった人だが、痛みなしにはこの名を記せないことに気づく。

われわれは（きわめて少人数のグループだったが）、ささやかに自分たちの現場から、問いを立てていった。つづめていえば「文学にとって死刑とは何か」となる。金芝河の翻訳詩集をガリ版でつくって頒布するなどもしたが、講演会のプランももちあがった。経過をいえば、最初に依頼をもちかけたのは、故鶴見俊輔氏だった。鶴見氏にはうまく断られてしまい、その代わりというわけでもないが、紹介していただいたのが、金時鐘の名前だった。そして、こちらは喪うものなど何もない強気さで依頼し、「金芝河の詩を語る」講演会が実現したのだった。知り合いの女性シュールレアリストに金芝河詩の朗読をやってもらい、これを前座として講演していただいた。

場所は、荒神口の教会。ここを借りて、教室に使っていた時期だった。事務局も機能していたし、大阪文学学校の分校として、まだ京都文学学校は存在していた。この時期は、「自主講座運動」の前期で、最盛期といえたかもしれない。今は誰ひとり語ろうともしない「歴史」だが、その時期に、「大阪文学学校理事会体制打倒！」のスローガンが出されていた。打倒することが可能だったかどうかは別として、逃れようのない現場に身をおいて、わたしは文学に囚われてしまった。思い出すと、じっさいに「打倒！」してやるべきだった破廉恥な輩の顔が目に浮かび、腹立たしくなるが……。

……ともあれ。講演はとどこおりなく実現し、前述の会話となったわけだ。当日、他のグループが妨害に現われる（？）といった話も耳に入ってきたが、ウワサだけで終わった。（他のグループといっても、民族排外主義集団のことではない。）

詩人の苦悶の表情

かれこれ二十年以上前になる。アングラ役者の桜井大造に連れられて、詩人の講演を聴いたことがある。場所は早稲田の近辺だった。講演の内容よりも、小松川事件に関する会場からの質問を、わたしに突然ふられて冷や汗をかいたことばかり記憶に残っている始末だ。というより、その質問を受けたさいの、詩人の苦悶の表情が印象深かったのだ。

二次会の席は盛会だった。「これ、うまいんやで。持って帰んなはれ」と、詩人がお土産に包んでくれたチャプチュ（春雨炒め）が重たかった。うまさだけでなく、韓国春雨の野太いのたくりぶりに、『猪飼野詩集』の哄笑がこもっているようでもあった。

（全文は第一巻月報所収）

（のざき・ろくすけ／作家、文芸評論家）

短期集中連載　石牟礼道子さんを偲ぶ　5

石牟礼さんのこと

坂本直充

苦悩するいのちとの共鳴

　私は一九五四年に水俣に生まれ、水俣病事件を生み出した地域社会の中で生きてきました。石牟礼さんは水俣にあって、文学者であると同時に、現実の患者支援の大いなる実践者でありました。事件を引き起こしたチッソの強い経済的影響下にあった地域社会において、孤立していた患者に対する支援の行動を起こしていかれました。

　一九六八年に患者支援の組織として水俣病市民会議が結成されましたが、その結成メンバーに石牟礼さん夫婦も参加されています。夫で中学校の教師をされていた石牟礼弘先生は、被害地域の学校を中心に勤務され、患者支援に生涯関わり続けられました。退職されてから、よく市内の喫茶店でお見掛けすることがありました。道子さんに電話をかけられた折、たまに「ほい、なおみっちゃん」と言って、私に電話を渡され、私が緊張して話をしていると、隣で笑って聞いておられました。気さくでやさしくて、決して表に出ようとされない方でした。患者支援の運動においては、道子さんのよき理解者であり同志であったと思います。

　同苦という言葉がありますが、石牟礼道子さんは患者への単なる支援にとどまらず、患者に寄り添い、患者の苦しみをわが苦しみとされていたからこそ、患者の声を聞き書きとしてではなく、苦悩するいのちとの共鳴によって生み出された根源的なメッセージとして表現されたと思います。このように全存在をかけて取り組まれた水俣病事件の文学的表現は、水俣に住む私たち一人ひとりに対して、その人間としての存在の意味を問うものとなっていました。

　私が『苦海浄土』を最初に読んだのは大学生の時でした。あなたはどう生きるのですか。あなたは水俣病事件とどう向き合うのですか。心がひりひりと痛みました。読み進むのに時間がかかりました。他の本とは違って、常に現実の水俣病事件を心に想起させ続ける問いかけの書でありました。私自身、問いかけられた者として、詩というものによって水俣を表現したいと思うようになったのです。

石牟礼さんの歩いた大いなる道

石牟礼さんといつ初めてお会いしたかは定かに覚えておりませんが、三〇数年前だったと思います。私は一九八〇年に二十五歳で水俣市役所に入りましたが、水俣病のことが知りたくて水俣病センター相思社等に行き、さまざまな方に話を聞きにいった折にお会いしたと思います。市役所にも『苦海浄土』に「水俣市役所衛生課吏員、蓬氏」として描かれた方や、水俣病市民会議の事務局長をされていた松本勉さんをはじめ、石牟礼さんと交流のある方々がまだ在職されていましたので、いろいろとお話を聞くことができました。

▲坂本直充氏
（1954-　）

石牟礼さんは『苦海浄土』の中の杢太郎少年をはじめ、胎児性水俣病患者の行く末をいつも心にかけておられました。古くからの友人である語り部の杉本栄子さんが理事長を務められた「ほっとはうす」という胎児性水俣病患者の方が通う施設を訪れたり、自分が行けないときには夫の弘先生にメッセージを託したりしながら、交流を続けておられました。

また、その著書や支援運動によって、多くの青年や学者をはじめ、さまざまな分野の人々が水俣病事件と出会う契機をつくられましたが、それは石牟礼さんでなければ担うことのできないことであったと思います。

最後に、私の詩集『光り海』を出すにあたり、前文を寄せて頂いたことは本当に感謝しています。二年半ほど前にお伺いして、水俣の古い地図を見ながら水俣のことを語り合い、楽しいひとときを持たせてもらいました。足がお悪いのに部屋の外までお見送りいただき、そのやさしさが心にしみました。

もう石牟礼さんはいないのです。大きな存在を失いました。

石牟礼さんの歩いた道は、誰も歩いたことのない大いなるものであったと感じています。

（さかもと・なおみつ／詩人）

短期集中連載　金子兜太さんを偲ぶ　4

「八鬼夜行歌仙　戦さあるなの巻」

永田和宏

歌仙の発句にこめた熱い思い

金子兜太さんとはずいぶんお会いする機会をいただいた。個人的に思い出すこともも多い。そう言えば、どこかに「トイレ友だち」という題でエッセイを書いたこともあった。

なぜかトイレでよく出会う友人というのがあるもので、私の場合は、山中伸弥さんと金子兜太さんがそれにあたる。山中さんは京都大学にいたときの部屋が隣だったこともあり、いろいろ駄弁りながらトイレで連れションということがよくあった。金子さんを友人というのは畏れ多いが、朝日新聞で選歌をしていると、歌壇は四階、俳壇は地階のはずなのだが、「ぼくはこのトイレが好きでねえ」と、なぜか四階のトイレで一緒になったものだ。

そんないくつかの思い出話を書いてもいいのだが、この雑誌のこの場はもう少し真面目な場と認識しているので、ちょっと別の話題を書くことにする。

去年（平成二十九年）一〇月、朝日歌壇、朝日俳壇の選者八人が歌仙を巻いたことがあった。時間的にその場で句を作ることがむずかしく、あらかじめ作っておいた句について、それぞれがその句に込めた思いを語り合うという催しであった。

歌仙は金子兜太の発句から始まった。

戦さあるなと起きて花野を歩くなり

発句は挨拶句とも言われるように、連衆やその場に集う人々への挨拶の句でもある。脇が付けやすいように作るのが普通だが、金子さんの発句は挨拶というよりは、いきなりこの歌仙の主題を直球で提示したかたちである。脇は発句と同じ季、同じような発想で付けることを要求される。捌《さば》きの長谷川櫂からは、私に脇を付けろと指示がまわっている。これには困った。

雁渡るあゝいつか来た道

発句が「花野」と秋の季語から始まっているから、当然「季」は秋だが、生半可な挨拶では弾き飛ばされること必定の発句である。「戦さあるな」という金子兜太の熱い思いに応えるかたちで、いまの日本は「いつか来た道」に近い危うさを「あゝ」歩んでいることよ、と付けたのであった。

　歌仙は「八鬼夜行歌仙　戦さあるなの巻」と名付けられたが、金子兜太が発句に込めた思いは、三六句の展開のなかで何度も変奏として顕《た》ちあらわれることになった。

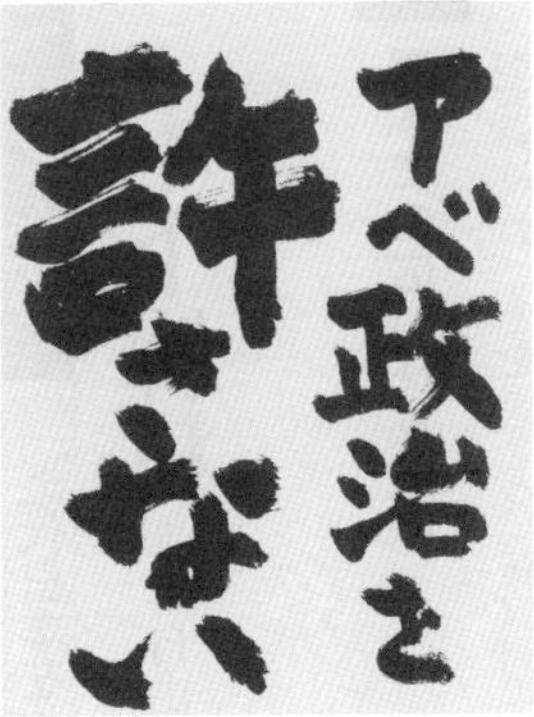

俳人としてのブレない芯

この発句から、私たちは直ちに「アベ政治を許さない」という、あの太字のプラカードを思い出すだろう。澤地久枝さんの依頼に応えるかたちで金子兜太が揮毫したものである。二〇一五年の安全保障関連法案などへの反対行動において全国いたるところで見られた字である。金子さんの発句には、挨拶句などというルールより、自分がいまいちばん危惧していることを詠むことこそが自分には一大事なのだという、ブレない芯が岩頭のように露出している。

　この芯の直線性が俳人金子兜太の本質であった。「知的野生」などと言いつつ、講演などでも下ネタがふんだんに飛び出し、「去年今年男根ゆれて精おぼろ」などといわゆる「摩羅句」も数多い金子兜太であったが、その芯にあるものは、まぎれもなく、

水脈《みお》の果《はて》炎天の墓碑を置きて去る

であった。昭和二十一年、捕虜一年余を終えて、トラック島からの最後の復員船で帰還する際の歌である。「炎天の墓碑」を置き去りにして帰る自分。置き去りにされた「普通の」人々への鎮魂。以後の代表作、

湾曲し火傷し爆心地のマラソン

原爆許すまじ蟹かつかつと瓦礫あゆむ

など、金子兜太の反戦の思いはすべて「炎天の墓碑」に発していると言えるだろう。最後の機会となるはずだった八月の「八鬼夜行歌仙」には、遂に出ることができなかった金子さんであったが、それ故にいっそう「戦さあるな」のメッセージはわれわれに強く残り続けるのである。

（ながた・かずひろ／歌人、細胞生物学者）

リレー連載　近代日本を作った100人　52

木下《きのした》韡村《いそん》——自由闊達な塾から多くの人材を輩出

井上智重

熊本での広い交友関係

木下韡村のことを思うと、藤沢周平の世界が浮かんでくる。

父は肥後国菊池郡今村の庄屋で、村の子たちに読み書きを教えている。母は商家の出である。長男の韡村（宇太郎）は学問ができ、百姓の身分ながら、熊本藩校時習館に通い、名字帯刀を許される。天保六年（一八三五）、藩主細川斉護《なりもり》の世子、慶前《よしちか》の教育掛に選ばれ、江戸詰となる。国元にはすでに妻子がいた。江戸詰重役は溝口蔵人。世子のお付き清成八十郎は剣術の達人。さらに窪田治右衛門という武家もいる。窪田は熊本城下の江口道場の息子だが、大百姓の娘と出郷、武家株を買い、関東代官の羽倉外記《はぐらげき》の配下となっていた。窪田の父は家老の溝口家の陪臣だが、もともと日田代官の吏員の家に生まれ、姉の子が川路聖謨《としあきら》である。つまり窪田と川路は従兄弟であり、韡村が上屋敷に行くと、窪田がいた。そこに時習館居寮長を追われた横井小楠（平四郎）が江戸遊学にやってくる。

松本健一も指摘しているように藤沢周平の武家ものでは塾や道場が大きな意味を持っている。次男、三男はそこで頭角をあらわし、一家を成すか、婿養子に行かないと、やっかい叔父として生涯を兄の家で送るしかなかった。横井小楠も次男で、学問は出来るが、頭が切れすぎ、酒癖も悪く、婿養子の声がかからず、家督を相続したのは兄の死後だ。

江戸に出てきた小楠は水戸藩の藤田東湖の忘年会の席で酒失事件を起こす。財布から金をこぼすほど酔っ払い、悪いことに武家を殴っている。すぐに発覚し、帰国を命じられるが、韡村に取り成してほしい、と手紙で頼む。「親友ではないか」と。しかし韡村にはどうしようもない。小楠は手紙で「そなたが告げ口したのだろう」と言い出し、「絶交だ」と一方的に宣言している。

韡村は佐藤一斎の門下に入り、同郷出身の儒学者松崎慊堂《こうどう》のもとに出入りし、安井息軒、塩谷宕陰《しおのやとういん》（いずれも儒学者）、それに羽倉簡堂（儒学者、代官）、佐久間象山らと交流した。ことに息軒、宕陰とはいつもつるみ、隅田川に舟を出し、花火見物をしたのはよかったが、舟が沈没、四日間かけ刀や脇差を探したという話が日記に出てくる。韡村の日記には藩邸の様子や幕府の動向、異国船の出没はもちろん、海外事情もことこまかく記している。黒船が浦賀に現れたときは現地に出かけている。筆まめで、よく手紙も書いている。実学派といわれる荻昌国、元田永孚、下津休也などとも手紙を交わし、父が重篤となり、熊本に帰ったとき、絶交したはずの小楠が訪ねて来て、夜遅くまで話し込んでいる。

塾から多彩な人物を輩出

嘉永元年（一八四八）四月、世子の慶前が二十三歳で死去、韡村は悲嘆に暮れるが、時習館訓導を命じられ、私塾韡村書屋を開き、後進を育てるという別な人生が始まる。

安政六年（一八五九）十月、長岡藩の河井継之助が西国遊学の途中、備中松山藩の山田方谷に手紙を託され、韡村を訪ねている。方谷は大百姓出身で、学問で才能をみとめられ、藩の参政に上りつめた儒者だが、息子の教育を韡村に託したいという内容だった。畳や障子は傷み、衣服など万事質素。時習館に勤めているが、「三等目の役」で、「何、もう子供の世話でも致す様なる事」と話す。「その人温和、丁寧真率、さらに儒者らしくなく、始めて会いたる人の様にこれなく、如何にも実学らしき人なり。何となく慕わしき人なり」。塾の方から読書の声が聞こえて来て、よほど読める人もいる様子。寮は三棟あり、家塾でこんなに大規模なのは初めて見たと河井は記している。

小楠門下の安場保和、嘉悦氏房も学び、家老の長岡監物は次男の米田虎男（侍従長）や陪臣の井上毅（文部大臣）を入塾させ、医家の古荘嘉門（一高校長、国会議員）、天草人の竹添進一郎（外交官、東大教授）、息子の木下広次（京大初代学長）、自由民権の宮崎八郎、有馬源内、時代は下るが、北里柴三郎と、わが国の近代化に尽くした多彩な人物が出ている。自由闊達な雰囲気がみなぎっていたのだろう。維新へと国を突き動かした背景には、農村に知性ある人物が台頭してきたこともあろう。

（いのうえ・ともしげ／くまもと文学・歴史館前館長、ノンフィクション作家）

▲木下韡村（1805-1867）
名は業廣、字は子勤、号は韡村、犀潭、澹翁。通称宇太郎のち真太郎。時習館居寮長後、四年間江戸に遊学。天保六年（1835）、細川斉護の伴読となり、中小姓格に。蔵米百石。藩主の参勤交代に随行し、六回に及ぶ。その間、世子慶前の教育も。嘉永二年時習館訓導となる。幕府から昌平黌教授に請われたが、断る。韡村の弟助之は玉名の伊倉木下家の養子となり、その孫が木下順二。

連載

今、世界は（第V期）3

メドベージェフ氏の効用

木村汎

五月七日、第四期目の政権を開始したプーチン大統領は、ドミートリイ・メドベージェフ首相を再任した。同首相は、政権反対派のナヴァーリヌイ氏らによって不正蓄財、超豪華別送の新築などの疑惑で批判され、今や評判が芳しくない政治家である。加えて、現ロシアが直面中の経済的停滞を打開するためには、是非とも交替させて然るべき人物だろう。にもかかわらず、プーチン氏はメドベージェフ氏の続投を決した。

なぜだろうか? メドベージェフ氏がプーチン氏の言いなりになる忠実無比の部下だからである。実際、これまで彼はプーチン氏に次のような貢献をおこなってきた。

第一。己が名義上大統領に就いていた時期にロシア憲法を改正し、次に大統領に戻る予定の人物、すなわちプーチン氏が一期四年でなく六年間大統領の地位に留まれるよう任期を延長した。

第二。敢えて北方領土の国後島などを度々訪問した。このような悪玉役を買って出て、日本に対しプーチン氏の善玉ぶりを際立たせた。プーチン氏は、以下のように主張しうる。メドベージェフ氏のようにハト派に見える政治家ですら、日本への領土返還には強く反対する。したがって、柔道を愛する親日家の自分が提案する二島返還は、ロシアがなしうるギリギリ精一杯の妥協である、と。

第三。メドベージェフ氏は、己の任期が終了するや些かも躊躇することなくプーチン氏に大統領ポストを返上した。

プーチン氏は、メドベージェフの忠誠ぶりを高く評価するばかりではない。今後同氏に次のような貢献を期待している。

もしプーチン第四期政権にたいする国民の支持率が落ちる場合、メドベージェフ首相を「スケープ・ゴート（生けにえ）」に仕立て上げ、自分は責任を回避する。そのような事態が発生しない場合でも、プーチン氏は二〇二四年に大統領ポストを辞任せねばならない。その場合、メドベージェフ氏を傀儡大統領に祭り上げ己が院政を敷くことをもくろんでいる。

（きむら・ひろし／北海道大学名誉教授）

■〈連載〉沖縄からの声　［第Ⅳ期］4

沖縄・琉球の精神文化 3

ヤヘー神と龍宮神

ミュージシャン　海勢頭《うみせど》　豊《ゆたか》

　六月二三日は、沖縄戦で亡くなった人たちを追悼する慰霊の日であった。今年も糸満市摩文仁《まぶに》の平和祈念公園では、沖縄全戦没者追悼式が行われた。園内にある平和の礎《いしじ》には、国籍を問わず二四万余の戦没者の名が刻まれている。その平和の礎と沖縄県平和祈念資料館は、昨年六月一二日に他界された大田昌秀さんが、県知事時代に完成させた平和行政の実績であった。

　そして、もう一つ忘れてならないのが、永遠に灯り続けることを願った平和の火である。この平和の火は、広島と長崎、そして、一九四五年三月二六日、米軍が最初に上陸した阿嘉島で、島の神女によって採火された火と合わせたものであった。風光明媚な慶良間諸島座間味村の阿嘉島だが、久高《くだか》島や伊《い》平屋《へや》島と同じく、神の島と呼ばれてきた。戦時中も、神女たちの力が強かったようで、皇軍の意向に背き、忠魂碑の建立を拒んだという。そのお陰か、座間味島や渡嘉敷島で起きた集団強制死は発生しなかったが、朝鮮人軍夫七名が日本兵に虐殺されるという、別の悲劇が起きていた。また、七名の朝鮮人慰安婦がいたことも調査で分かった。

　そこで、ここ一〇年間、毎年阿嘉島に渡り、韓国の友人たちと一緒に「アリラン平和音楽祭」や「合同慰霊祭」を行ってきた。一度は、金時鐘《キムシジョン》先生と藤原良雄さんもご一緒したことを思い出す。今では、観光客で賑わう阿嘉島だが、この島が何故神の島と呼ばれるのか、驚くべきことが分かってきた。島のノロや神女によって執り行なわれる六月ウマチーや海御願《うみうがん》、そして、ノロ殿内《どんち》での島願いの祭りが、龍宮神への感謝と、平和・安全・豊穣の願いであることは言うまでもないが、何より、かつてこの島では、「ヤヘー神」*が真実の神と信じられ、祭が演出されていたことである。

　ところが、戦前、学校教育が普及し、知識人が島の指導者として現れたことで、迷信追放と生活改善運動が急速に高まり、それが渡嘉敷島から座間味島に波及し、とうとう神は消滅してしまう。しかし、阿嘉島にだけは、その後も神は来訪し、しばらく祭が行なわれたという。

*古代から沖縄以南の諸島の人々が信仰していた宇宙創造の神（ヒャー神）の名から来ている。

Le Monde

■連載・『ル・モンド』から世界を読む［第Ⅱ期］23

研究大国　中国

加藤晴久

四月号で「スパイ大国 中国」を取り上げた。他国の企業機密を盗むことは自国の科学研究の進歩に貢献するから、まったく無関係ではないが、いまや中国はアメリカに次ぐ研究大国なのである。

「二国の経済力・軍事力・外交力・文化力は科学技術にその源泉がある」との観点から、フランスの科学技術観測所（OST）が四月に出した報告書「フランス科学の国際的位置二〇〇〇～二〇一五」が、世界の主要な学術誌に発表された論文数をもとに、二一世紀初頭の一五年間の各国の科学研究の推移をたどっている。なによりも顕著な事実は中国の「ブルドーザーのような」目覚ましい進出。

中国の武器の第一は投資。二〇一四年時点で国内総生産の二・〇五％を研究開発費に充てている（フランスは〇・八％）。第二は研究者数の急激な増大。そして、特に米国、またその他の国々で活躍する多くの中国人、また中国系の研究者。彼らのお蔭で国際的共同研究が推進されている。かくて、一九八〇年には、世界の科学論文総数の一％に過ぎなかったのが、二〇〇〇年には八位、二〇〇六年にはアメリカに次ぐ二位の座を占めるにいたった（論文総数の一六％）。研究論文のインパクトと引用回数ではやや劣るが、論文総数の多さが寄与して、引用される論文数でもアメリカに次いで二位を確保。

論文数だけでない。「中国の研究機関は、遺伝学から宇宙物理学まで、最先端の研究領域すべてに参画している」。研究分野別の論文数のランキングで基礎工学は、二〇一一年、基礎生物学を越えて、医学、化学に次いで三位に浮上したが、これは中国で基礎工学が躍進しているためである。数学の論文数でも中国はアメリカに次いで二位である。

この一五年間でもうひとつ顕著な現象は、インド、イラン、ブラジル、韓国、スペイン、イタリアの台頭と、日本の凋落。ずっと二位だった日本は二〇〇六年に中国に、二〇一〇年に英国に、二〇一一年にドイツに抜かれて五位に転落した。「巨額の投資にもかかわらず」。四月七日付『ル・モンド』の記事を紹介した。

（かとう・はるひさ／東京大学名誉教授）

■連載・花満径　28

大伴家持と征役詩

中西　進

それにしても、大伴家持は中国古代の征役詩を知っていたのだろうか。知らないままに聖武天皇も大伴一族の言立てを引いて、詔を発したのだろうか。

しかし天皇はもちろん、当時の役人ならほとんどの人が『詩経』を読んでいただろう。事実『詩経』や『論語』など周代の学術は、当時日本の官僚のお手本だった。

その中でとくに家持は武門の嫡男であるばかりか、実際に『万葉集』巻十九の巻末記を『詩経』の征役詩たる「出車《すいしゃ》」を引用しながら書いている。巻十九の冒頭の歌も同じ『詩経』の国風詩「桃夭」の詩にもとづいて作られている。

そればかりでない。上掲の「出車」の一つ前に並んでいる「采薇《さいび》」も征役詩だが、これまた六連の詩の内、前半の三連は出征する夫と残される妻の問答から成り立っている。たとえば第一連は、次のごとくである。

（妻）薇《わらび》を採《と》ろう　薇がもう固くなってしまう　すぐ帰れすぐ帰れ　歳が晩《く》れないうちに

（夫）王命は止む時がないから安住するところもない　悲しみを抱きながら征《ゆ》きて帰ることもできない

もともと各地方官が集めた防人歌の中の一部、武蔵の国の兵士の歌に、夫との妻との問答があるのは、家持がこれに倣ったからではないか。全体として、防人歌の大半は一人一人の歌だが、東歌は作られた後に一首ずつの短歌として整形されたらしいことが知られている。

そもそも『詩経』「小雅」の歌は歌舞された曲の詞だといわれる。『万葉集』にも、同じような段階がしのばれる旅立ちの折の歌がある。

このように、家持も地方官たちも『詩経』の征役詩をよく知っていればこそ、夫婦唱和の歌も防人歌へとり入れ、より多く、防人の歌を相聞歌で埋めたのではないか。

そうであってこそ、家持が管理した防人歌が『万葉集』に突如顔を出す不自然さも納得がいくし、そのすべても聖武天皇の知るところだったと思われる。

（なかにし・すすむ／国際日本文化研究センター名誉教授）

〈連載〉生きているを見つめ、生きるを考える 40

若者を生かす難しさ
——シュワンを例に——

中村桂子

先回紹介した神経膠細胞（グリア）の一つである、末梢神経にあるシュワン細胞の発見者T・シュワン（一八一〇—五二）が興味深い。

短期間に連続して大きな発見をしているのである。まず一八三六年、二十六歳の時に豚の胃液から、肉を溶かすはたらきをもち熱で失活する物質を発見、「消化」を意味するギリシャ語ペプトスに因んで「ペプシン」と名づけた。今では常温の生体内で化学反応が進むために不可欠な酵素の存在はよく知られているが、そのきっかけとなった研究といえる。

二十七歳の時には、アルコール発酵が酵母によって起きることを見つけている。パストゥールがこれを主張し、ドイツの著名な有機化学者リービッヒの「生きものなど無関係」という考えと闘ったという話はよく知られている。それより早くシュワンは同じ結論に達しており、同じドイツ人であるためにパストゥール以上にこっぴどくやっつけられ学界で冷たく扱われたらしい。

しかし、その中でもシュワンの才能は展開する。一八三九年には生物はすべて細胞を基本単位としているという細胞説を提唱した。その前年、シュライデンが植物についての細胞説を出しており、彼と話し合ったシュワンは脊索細胞を顕微鏡で観察し、動物も細胞が単位であると確信したのだという。そして、先回のシュワン細胞の発見である。

二十代の若者が酵素、発酵、細胞、神経という現代生物学の基礎で重要な発見を次々と行なったことに驚く。しかもそこから「代謝」という言葉も生み出している。ところが、当時の学界の権威たちに認められず、今も業績の割にその名は知られていない。科学も世俗から離れたものではないということかもしれない。

すべての生きものは細胞から成り、その活動を支える代謝の鍵となるのが酵素である。発酵も酵素のはたらきで進められている。シュワンは、生きているとはどういうことだろうという基本を考えていた人であり、その思いは神経のはたらきにまで及んでいたのである。

（なかむら・けいこ／JT生命誌研究館館長）

連載 国宝『医心方』からみる 16

ドクダミの効罪

槇　佐知子

どくだみや真昼の闇に白十字　茅舎《ぼうしゃ》

十薬の匂ひにおのれひき据える　多佳子

梅雨の露地の垣の下に、ドクダミが咲いている。ドクダミ科多年草のドクダミは、ハート型の濃緑色の葉の間から伸びた茎の上に純白の花と見まがう十字の苞《ほう》をひらき、中心の柱状の花序に黄色い小花をびっしりと咲かせている。もしも強烈な臭気さえなければ、観賞用の花としてもてはやされるだろう。

ドクダミとは毒止めの意で、江戸時代からの名称という。地方によってジゴクソバ（武蔵）、ドク草（上野《こうづけ》）、シビトバナ（駿河沼津）、ドクナベ（越前）などの名があった。

民間薬として古くから広く知られ、解熱・解毒・利尿・胃腸薬に煎じて内服したり、葉を揉んで傷や化膿症の手当てに用いられて来た。私の母も肌のきれいな子を生みたいと、妊娠中に煎じて飲んだという。

多様な効能があることから「十薬」とも呼ばれる。日本独自の薬草とする説もあったが、中国では「蕺《じゅう》」と書き、古代から薬用にされていた。

それだけでなく『医心方』巻三十「食養篇」の五菜部には、四五位に採録され、和名を之不支《しふき》としている。

▽たくさん食べると息切れがする

▽身体によくない。肺気を閉ざす　（本草）

（陶弘景）

と、効能ではなく害を説き、同書にはないが孟詵も長期の食用を戒めている。

貝原益軒は『大和本草《やまとほんぞう》』（一七〇三）で、「駿州甲州の山中の村民はドクダミの根を飯の上に置き、蒸して食べた」と記す。食用としてはあまり良くないが、薬としては秀れているのであろう。

『中葯大辞典』は魚腥草《ぎょせいそう》の一名を蕺とし、六月から九月に採取した全草を乾燥して煎じたり、新鮮なものを搗《つ》いた汁などを内服・外用薬として、抗菌・抗病毒・免疫力増強の作用を認めている。その対象は肺癰《はいよう》吐膿、肺熱喘咳《ぜんがい》、癰腫《ようしゅ》瘡毒、痔瘡、熱痢、水腫、帯下《こしけ》、疥癬などの主治である。

中国では長江以南に分布しているという。

（まき・さちこ／古典医学研究家）

六月新刊

公共と交易の視座から新しい国家像を提示！

評伝 横井小楠

未来を紡ぐ人 1809–1869

小島英記

「おれは、今までに恐ろしいものを二人みた。それは横井小楠と西郷南洲だ」（勝海舟）

「日本に仁義の大道を起こさねばならない。強国になるのではない。強国があれば必ず弱国が生まれ、侵略するからだ。この道を明らかにして世界の世話焼きにならねばならぬ」（横井小楠）

四六上製 三三六頁 二八〇〇円

西洋史を貫くプラトニック・ラヴ幻想

処女崇拝の系譜

A・コルバン

山田登世子・小倉孝誠訳

現実的存在としての女性に対して、聖性を担わされてきた「夢の乙女」たち。「娼婦」「男らしさ」の歴史を鮮やかに描いてきたコルバンが、神話や文学作品に象徴的に現れる「乙女」たちの姿をあとづけ、「乙女」たちに託された男性の幻想の系譜を炙り出す。

カラー口絵8頁

四六変上製 二二四頁 二二〇〇円

21世紀日本の社会科学は〝市民社会論〟再検討から

市民社会と民主主義

レギュラシオン・アプローチから

山田鋭夫・植村博恭・原田裕治・藤田菜々子

民主主義が衰退し、社会経済的な不平等が拡大している今、戦後日本における〝市民社会〟の実現に向けて、内田義彦、都留重人らとその継承者が経済学、社会科学においてどのような価値を提示したかを探る。

Ａ５上製 三九二頁 五五〇〇円

初の本格的評伝

竹下しづの女

理性と母性の俳人 1887–1951

坂本宮尾

「「女人高邁芝青きゆゑ蟹は紅く」（しづの女）――それまでの女流俳句の通念を見事に打ち破った勁利な美質に、私はおどろき、たちどころにしづの女俳句のファンになったものだ」（金子兜太）。職業婦人の先駆けであり、金子兜太、瀬田貞二らを輩出した「成層圏」誌の指導者であった生涯をたどり、難解で知られる俳句を丁寧に鑑賞。

口絵カラー4頁

四六上製 四〇〇頁 三六〇〇円

読者の声

「海道東征」とは何か■

▼この一大交声曲は、私は今だにほぼ全曲覚えて居る。
北原白秋と信時潔の名コンビによるこの曲をもう一度歌いたい。

（東京　**那須信彦**　86歳）

百歳の遺言■

▼大田堯先生、中村桂子さん共々お元気な写真と対話、文章に励まされました。どうぞおからだお大切に。
『田中正造全集』(岩波書店刊)の正造の言葉（日記・書簡・論稿）と、お二人の対話が、みごとに一致することに驚いています。正造の明治三十五年から大正二年（没年）に至る非戦・無戦・世界軍備全廃の平和論にも合致します。「教育」と「　」付にしたことが、とりわけ意味深く、情報は、文化財、教材より、さらにトータルで大きい、とも学びました。先生、群馬の人々も各々生きつづけています。

（群馬　NPO法人 田中正造記念館（理事）　**松本美津枝**　82歳）

▼大田堯さんの学習権の考え方は大へん魅力的です。
父が読んだ後は、教員をしている息子にプレゼントしようと思っています。（北海道　**井須史朗**　67歳）

▼どうしたら健康で、認知症にもならず暮らせるかの類の本も色々買いましたが、それはそれとして、もう少し深く、生きていることの意味を考えたいと思っていました。読了後、自分が受けてきた教育のこと、そして子供（三人）を育ててきた親として、はっとさせられることが多々ありました。お二人が大切と考えられていることが、私にも理解できたことはとても嬉しいことでありますが、残念でもあります。もう人生の終り近くにいることとも言えますが、そのことも、一昔前のようにではなく未だ一〇年二〇年あるかもしれないと思い、自分をふるい立たせなくてはなりません。自分の中の「〜をやりたい」という欲求を今まで我欲と思い罪悪視していましたが、思い切って生きていくことと致します。感謝しつつ。
（埼玉　**髙橋宣子**　82歳）

資本主義と死の欲動■

▼感想、非常に難解であった。
経済理論と精神分析、互いに相容れないものと感じていたことが、フロイトとケインズのつながりを興味深く感じ取れた。

（長野　団体職員　**吉原瑞穂**）

完本 春の城■

▼『春の城』は『苦海浄土』とともに私にとってただならぬご本となりました。原城で死んだ先祖たちが乗り移ったと道子さんは言われました。私は、その道子さんとつながっていると思いました。南と北とにこんなに離れているというのに——辺境に生きた先祖を持つ、というつながりです。人生がそっくり変わったという感動の中にいます。
（青森　**伊藤二子**　92歳）

無常の使い■

▼「苦海浄土」は四読していたが、その他の作品に進んでいかなかった。作者の没後、記事の中にこの本があることを知って、拝読。美しく、静謐《ひつ》な魂と言葉が随所にあり、あの世とこの世があることを冷静に受け止められた。人の死は哀しく切ないが、怖いものではないと感じた。
（大阪　府立高校再任用教諭　**小原邦一**　61歳）

苦海浄土 全三部■

▼市の図書館で二度、三度、借りて読了。どうしても、時折触れたい、忘れないで心に留めて、他者のため

に祈りたい、こんな本でした。もっと深く、人間を、未来を、考えなければいけないと、そう思わせてくれた本です。この気持ちを忘れないために購入しました。宝物ありがとう存じます。

（福島　主婦　佐藤朋子　58歳）

▼まだ半分くらいしか読んでいませんが、すばらしいですね。私は佐賀の出身で熊本の方言はよく分かるので、よさがわかるのかもしれません。

農耕以前のホモサピエンスが幸せだった頃の魂が、悲しみを昇華してくれるのかもしれません。

（東京　会社員　井手健博　55歳）

米軍医が見た占領下京都の六〇〇日■

▼分厚くて、何だか難しそうと勝手に決めていたのですが、実際に読み始めたら面白くてあっという間に終わってしまいました。掲載されていた写真は、自分自身が持つ小さい頃の写真に通じるものがあるせいか、とても懐しい気持になりました。主に紹介されたのは、物心つかない頃の京都の状況ですが、私が育った神戸ともさほどの違いはなかったでしょう。ああ、こんな時代に育ったのだと感慨深いものがありました。亡くなった母にもっと色々なことを訊いておくべきだったと、この本を読んで後悔しました。

（東京　主婦　保科慧子　70歳）

出雲を原郷とする人たち■

▼富山では、移住者を〝旅の人〟と呼ぶ(古い言い方ですが)。関東から移り住んだ私は、旅の人。古代の〝旅の人〟の足跡をたどる、この本は、日本海側を旅する感覚で読めて、面白い。

越中国の頁では、まさに私が住み、毎日通っているエリアが、出雲族が開拓したと書かれていて、驚くと共に、興奮した。一昨日、熊野神社に行ってみたが、立山連峰が美しく、ここに神社が建てられたのに納得。四号古墳も、写真より整備が進んでいます。岡本先生に、現地で話が聴きたい！　是非、富山に、また来て下さい、とお伝え下さい。

（富山　ＮＰＯ団体職員　鎌形由紀　59歳）

岡田英弘著作集（全8巻）■

▼高等学校の世界史の学習指導要領では、「東アジアの歴史」として扱うべきところ、未だに「中国の歴史」という編をおく教科書があります。これは、メソポタミアの歴史を扱う際に「イラクの歴史」と称するのと同じことです。岡田さんの歴史観がもっともっと教育に反映されることを望んでいます。

（京都　元高等学校教員（理科）
（現在大学非常勤講師、教科書編纂委員）
斉藤正治　65歳）

自由貿易という幻想■

▼自由主義経済の旗手、米国の大統領が保護貿易を唱え、今も「成功」している共産主義国家中国の国家元首がその拡大市場経済圏「一帯一路」への参加を各国へ呼びかけるという一昔前には想像すらできなかった時代となった。前者は、世界最強の軍事力を背景とするドル決済によるグローバル経済の行き詰まりを象徴し、後者は、米国に一六〇年以上遅れた「西部開拓」を今やアフリカ大陸にまで押し進めている姿と言えなくもない。両国は政治体制のちがいにもかかわらず、統治上の事情から再分配政策を後回しにするがために、「国民の反乱」を防ぐ上で高度な監視システムと多数の刑務所群をもつ強大な警察権力と継続的な経済成長を必要とする点において共通している。日本はどのような社会に向かうのか、七年前に購入した本書を読みながら心配になってくる。

（東京　科学技術文献抄録員（新技術情報(株)）　児島慎一　58歳）

機 no.313■

▼黄泉に旅立った（しかもあいついで）二人、それは石牟礼道子と金子

兜太。率直に言って、私は歌も俳句もしらない非才だが、折にふれてその二人の「発言」を目にしてきたつもりである。その発言は常におのがじし専門分野をこえる、いわばひとりの人間としての今の日本の現実のあらゆる負の否定現象を凝視し、告発することだったと思う。歌も俳句もしらない私は、その中から多くを学んだことを今さらながらふりかえりつつ哀悼をささげるものである。

『機』三一三号表紙と「出版随想」の二つの文章を貫き通底する基調とも、そのことはひびきあっていることを強く感じいったしだいである。

（香川　**西東一夫**　82歳）

▼石牟礼道子さまへ■

前略　石牟礼道子様の死をお悼み申し上げます。

あのお美しくてお強かった道子様、数々の業績をこの世に残され、二月十日、天に召されて行かれたそうで淋しく思うばかりです。私こと道子様の御著書の膨大さにダイジェスト的な読み方しか出来ませんが、ご趣旨は民衆の琴線に触れてやまないことでしょう。

心から深くご冥福をお祈り致します。　かしこ

（山口　**伊豆ヤス子**）

※みなさまのご感想・お便りをお待ちしています。お気軽に小社「読者の声」係まで、お送り下さい。掲載の方には粗品を進呈いたします。

書評日誌（四・二九〜五・二七）

(書) 書評　(紹) 紹介　(記) 関連記事　(テ) テレビ　(イ) インタビュー

四・二九　(書) 河北新報「敗走と捕虜のサルトル」（「文学青年の姿リアルに」／陣野俊史）

四・二九〜　(紹) 共同配信「もう「ゴミの島」と言わせない」

四月号　(書) オキナワグラフ「もう「ゴミの島」と言わせない」（「産廃90万トン撤去実現までの不屈の闘い」）

五・一　(紹) 産経新聞［いま、なぜ金時鐘か（大阪）］（「メモ」）

(書) 望星「詩の根源へ」（「『魔法の言葉』を取り戻せ」／佐藤康智）

五・三　(書) 聖教新聞「詩の根源へ」（「文学のありよう模索する論稿」）

(紹) 週刊東洋経済「もう「ゴミの島」と言わせない」

五・一三　(書) 毎日新聞「胡適」（「思想と行動を丹念に跡づけた基本文献」／加藤陽子）

五・一七　(紹) 読売新聞［後藤新平賞］

五・一八　(記) 現代女性文化研究所ニュース［伊都子忌］（「国会は揺れている」／岡田孝子）／［石牟礼道子］（「編集後記」／岡田孝子）

五・一九　(記) 毎日新聞「金時鐘コレクション」（「詩人・金時鐘さん選集　配本開始」／「業苦と慈悲　魂の軌跡」／「在日朝鮮人運動で葬られた『日本風土記Ⅱ』一部復元」／有本忠浩）

五・二〇　(紹) 毎日新聞「百歳の遺言」

五・二一　(書) 公明新聞「プーチン——外交的考察」（「多様な側面を持つロシア理解」／下斗米伸夫）

五・二四　(記) 中国新聞「風魂」（「パンフルートの魅力つづる一冊」／「廿日市の岩田さん　40年の歩み」／山瀬隆弘）

(記) 朝日新聞「敗走と捕虜のサルトル」（「福岡伸一の動的平衡」／「サルトルが呼びかけたもの」／福岡伸一）

五・二五　(紹) ちぇっく CHECK「鄭喜成詩選集　詩を探し求めて」

五・二六　(紹) 東京新聞（夕刊）［後藤新平賞］

五・二七　(書) 毎日新聞「明治の光・内村鑑三」（「存在は一つの社会的事件」／村上陽一郎）

八月新刊予定

＊タイトルは仮題

「私たちも同じ船に乗っている」

トモダチ作戦の慟哭

空母ロナルド・レーガン被ばくの真実

山田國廣

緊急出版!!

二〇一一年東日本大震災で、米軍"トモダチ作戦"メンバーは、原発から180㎞の距離にいたにも拘らず福島第一原発事故の放射能プルームを通過し、裁判原告中の死者九名、将来の健康補償五千億円の訴訟に発展した。同じプルームは陸にも同様の被害をもたらした筈だ。広範囲・全臓器への影響を綿密な証拠を示して明かす。

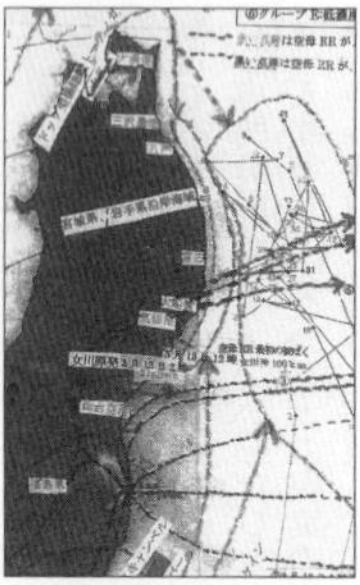

だから、核と人類は共存できない

医師が診た核の傷

現場から告発する原爆と原発

広岩近広（毎日新聞特別編集委員）

一九四五年八月六日広島、八月九日長崎。原爆症という人類未知の症状に挑戦し、占領軍に活動を阻まれ、自らも同じ症状に苦しみながらも、その特徴と治療、非人道性について証明し、裏付けした、十一名の現場の医師たちの渾身の告発。多重がん、遺伝子への不可逆的損傷……同じ症状は、チェルノブイリ、フクシマ等原発の現場でも問題化されている。

広島・平和公園にある「原爆の子」の像

鮮烈に時代を切り取るモード論を集成

モードの誘惑

山田登世子

一昨年、惜しまれつつ急逝したフランス文学者、山田登世子（1946-2016）。文学はもちろん、文化、芸術、衣装、風俗といったテーマに鮮やかに切り込んできた著者の膨大な単行本未収録原稿から、「モード」「ブランド」に関わる論考を精選。モードを一過性の流行現象に押しとどめることなく、人間の心性の表れとして捉え、歴史理解にフィードバックする、著者ならではの視点が発揮された名文集。

三回忌記念出版

最高裁長官も務めた国際法学者の全貌

横田喜三郎 1896-1993

現実主義的平和論の軌跡

片桐庸夫

戦前から戦後、独自の安全保障論を唱えた国際法学者、横田喜三郎（1896-1993）。満洲事変批判の論客ながら、戦後は天皇制批判から天皇肯定に転じ、「毀誉褒貶」を浴びた横田を生涯貫いた思想とは？

長らく待たれていた新版、遂に刊行

近親性交とそのタブー〈新版〉

文化人類学と自然人類学のあらたな地平

川田順造 編

世界的水準における初の学際的インセスト・タブー論。長らく絶版だった本書を、川田順造氏による「新版への序」を付し新版として刊行。

7月の新刊

タイトルは仮題、定価は予価。

遺言 増補新版 *
斃れてのち元まる
鶴見和子
四六上製 三三六頁 二八〇〇円 口絵1頁

エロシマ *
D・ラフェリエール 立花英裕訳
四六上製 二〇〇頁 一八〇〇円

看取りの人生 *
後藤新平の「自治三訣」を生きて
内山章子
四六上製 二四〇頁 一八〇〇円

藤原映像ライブラリー
石牟礼道子と出逢う * DVD
町田康・田中優子ほか
一三三分 二八〇〇円

金時鐘コレクション(全12巻)[第4回配本]
7 **在日二世にむけて** *
「さらされるものと、さらすものと」ほか 文集I
〈解説〉四方田犬彦 〈解題〉細見和之
〈月報〉大槻睦子/鄭仁/高亨天/音谷健郎
四六変上製 四五六頁 三二〇〇円 口絵4頁

8月以降の予定書

トモダチ作戦の慟哭 *
空母ロナルド・レーガン被ばくの真実
山田國廣

モードの誘惑 *
山田登世子

医師が診た核の傷 *
現場から告発する原爆と原発
広岩近広

新版 **近親性交とそのタブー** *
文化人類学と自然人類学のあらたな地平
川田順造編

横田喜三郎 *1896-1993*
現実主義的平和論の軌跡
片桐庸夫

芸の力
能狂言 終わりなき道
野村四郎・山本東次郎
笠井賢一編

好評既刊書

評伝 **横井小楠** * *1809-1869*
未来を紡ぐ人
小島英記
四六上製 三三六頁 二八〇〇円

処女崇拝の系譜 *
A・コルバン
山田登世子・小倉孝誠訳
四六変上製 二二四頁 二二〇〇円 カラー口絵8頁

竹下しづの女 * 1887-1951
理性と母性の俳人
坂本宮尾
四六上製 四〇〇頁 三六〇〇円 カラー口絵4頁

市民社会と民主主義 *
レギュラシオン・アプローチから
山田鋭夫・植村博恭・原田裕治・藤田菜々子
A5上製 三九二頁 五五〇〇円

金時鐘コレクション(全12巻)[第3回配本]
1 **日本における詩作の原点** *
詩集『地平線』ほか未刊詩篇、エッセイ
〈解説〉佐川亜紀 〈解題〉浅見洋子
〈月報〉野崎六助/高田文月/小池昌代/守中高明
四六変上製 四四〇頁 三二〇〇円 口絵4頁

からだが生きる瞬間
竹内敏晴と語りあった四日間
竹内敏晴ほか著
稲垣正浩・三井悦子編
四六上製 三二〇頁 三〇〇〇円

*の商品は今号に紹介記事を掲載しております。併せてご覧戴ければ幸いです。

書店様へ

▼6/20の配本直後から**アラン・コルバン最新刊『処女崇拝の系譜』**が早速各店追加ご注文いただいております。貴店ではいかがですか? 歴史はもちろん、文学評論やサブカル、一般読みものなど各ジャンルで大きくご展開ください。刊行にあわせ本書内で言及された古典や関連書籍を中心に「夢の乙女たち **Les filles de rêve**」フェアリストもご用意しております。▼同じく先月刊行の**小島英記『評伝 横井小楠』**も配本直後から各店より追加ご注文続々! 「明治一五〇年」や「西郷どん」など、前作『**小説 横井小楠**』と共にこちらも様々ご展開いただいております。ご展開の再度のご確認を。▼6/23(土)より一週間ポレポレ東中野(東京)で連日大好評に終わりました**石牟礼道子さん追悼企画『花の億土へ』**再上映、8/11(土・祝)からはシアターセブン・第七藝術劇場(大阪)の2館で『**海霊の宮**』、『**しゅうりりえんえん**』と合わせ初の3作品上映が予定! パブリシティ乞うご期待。いまだ補充ご注文やお問合せの続いております『**苦海浄土 全三部**』や『**完本 春の城**』など関連在庫ご確認を。(**営業部**)

出版随想

▼このところの異常気象は、人間の手に負えなくなっている。豪雨、河川の氾濫、大地震、津波……。近代が作り上げてきた物を瞬間に破壊する。子どもの時に観た怪獣映画のように。自然が怒ったときの破壊力は凄まじい。阪神淡路大震災後に見たビルが横倒しになって道路を占領している光景、東日本大震災の後で見た真二つに折れた鉄橋、津波で無くなってしまった小学校の校舎……。まったく目を覆う光景であった。この校舎に居た子どもたちのいのちを思うと胸が詰まる。

▼この二月に亡くなられた石牟礼道子に、「祈るべき天とおもえど天の病む」という代表的な句がある。

　一九七三年頃の作品である。自然と共に生きた詩人石牟礼道子は、自然の荒廃に非常に敏感であった。しかし、これは石牟礼道子だけではあるまい。この時代に生きた日本人なら誰もが、敏感であったはずだ。しかし、敗戦後の焼け野原から復興を期した先人達は、豊かなアメリカの町を目標に、「アメリカ化」することを真剣に探っていった。

▼戦後復興と自然破壊。この何ともいえない二律背反するようなことが、車の両輪の如く進んでいった帰結が現在である。しかも、このスピードが尋常なものでなかった。人が立ち停まって考える余裕すら持つことができない程驀地に進んだ。約半世紀して、金融バブルが崩壊し、これからまっとうな社会に戻るかと思うや、阪神淡路大震災、東京でのオウム地下鉄サリン事件と続く。その後六年してニューヨークでの「同時多発テロ」。孤立化を深めていたアメリカはこれで息を吹き返し、西欧諸国や周辺の同情を買い、アフガン、イラクへ喜々として侵入していった。これらの国の破壊状況はいうまでもない。今はシリア。多くの難民が、国境を越えて異国へ旅立とうとしている。われわれ日本人は、いや人間は、どこに向かおうとしているのか。静かに平和に暮らせる場所は地球上からなくなってしまったのだろうか。

▼〝アイヌの母神〟宇梶静江は、今静かに語る。「わたしたちアイヌは、自然からの恵みを自分たちの分だけ戴く生活をしてきました。毎日が、カムイに祈る日々でした。カムイに感謝して、自然の中で生きることがわたしたちの日常だったので、所有したり略奪することは、わたしたちの生活の中でとても考えられないことでした。……今政府に訴えたいことは、わたしたちの生活の中から奪った一本の河川を返して欲しい。一本の河川があれば、わたしたちアイヌはサケを育てて生きてゆける」と。　（亮）